茅盾研究
八十年書系

錢振綱・鍾桂松◎主編

萬樹玉◎著

12

茅盾年譜（上）

花木蘭文化出版社

國家圖書館出版品預行編目資料

茅盾年譜（上）／萬樹玉 著 ─ 初版 ─ 新北市：花木蘭文化
出版社，2014〔民 103〕
序 10+ 目 2+150 面；19×26 公分
（茅盾研究八十年書系；第 12 冊）
ISBN：978-986-322-702-1（精裝）
1. 沈德鴻 2. 年譜
820.908   103010230

ISBN-978-986-322-702-1

9 789863 227021

茅盾研究八十年書系
第十二冊   ISBN：978-986-322-702-1

茅盾年譜（上）

本書據浙江文藝出版社 1986 年 10 月版重印

作　　者　萬樹玉
主　　編　錢振綱　鍾桂松
總 編 輯　杜潔祥
副總編輯　楊嘉樂
編　　輯　許郁翎
出　　版　花木蘭文化出版社
社　　長　高小娟
聯絡地址　235 新北市中和區中安街七二號十三樓
　　　　　電話：02-2923-1455 ／傳真：02-2923-1452
網　　址　http://www.huamulan.tw 信箱 hml 810518@gmail.com
印　　刷　普羅文化出版廣告事業
初　　版　2014 年 7 月
定　　價　60 冊（精裝）新台幣 120,000 元

茅盾年譜（上）

萬樹玉　著

作者簡介

萬樹玉，研究員。1937 年 4 月生於杭州。1960 年夏畢業於復旦大學外文系英語專業，後長期任職於中國現代國際關係研究所。曾到西非當專家翻譯，任新華社香港分社副經理，到中央黨校學習一年，主持中央級刊物《現代國際關係》編輯部工作，業餘從事茅盾研究 30 年。先後兼任中國茅盾研究會常務副會長、會長、顧問和世界華人文化各人協會常務副會長、中國詩詞研究院副院長、中央文藝出版社名譽社長。已出版個人著譯兩部；發表國際關係論文 20 篇、文學論文 29 篇、散文 25 篇、詩詞 30 首、考古集郵文 23 篇；翻譯 30 餘字；編審國際關係文集 8 部及論文 600 萬字。1996 年獲國務院頒發社會科學突出貢獻證書。先後被英國劍橋傳記中心、美國傳記研究所列入《國際知識分子名人錄》和《五百有影響領先人物》，被國內收入《中國專家大辭典》（國家人事部所屬機構編）等 30 多部辭書。曾在《人民日報》發表 7 篇文章，被中央和地方電視台採訪七次。在學術領域發表一些獨特見解：提出把握國關論文質量標准的理論；作出茅盾是中國現代文學設計師并是中國倡導、弘揚、踐行革命現實主義文學的第一人的論斷；在考古界，否定了宋代五大名窟中「哥窟」的存在，論證了「哥窟」即北宋官窟以及北宋官窟的基本特徵。

提　要

　　《茅盾年譜》的內容涉及四個方面：一是譜主的生活道路，二是譜主的文學道路，三是譜主的政治道路，四是國內外政治背景和國內的文藝背景。全書以譜主的文學道路為主線，按時間順序，穿插交叉記述各方面內容，起自 1896 年，止於 1981 年。

　　生活道路記及出生、老家、求學、就業，結婚生育；流亡日本，抗戰後奔波南方各地，香港暫居，新疆脫險，走訪延安，港九大撤離；建國後定居北京，隨毛主席訪蘇，文革遭遇，老年喪偶，晚年生活與交往。

　　文學道路包含編輯工作，譯介工作，創作與評論，學術研究，文學交流活動。對《子夜》等名著各篇，從不同視角作了評介；對一些介紹較少、讀者不太熟知的作品如《鍛鍊》等，從內容和形式方面作了新探討；對一些學術價值頗高，但有不同評說的論著如《夜讀偶記》等，提出了獨有見解。

　　政治道路論及早年參加建黨活動，擔任黨中央聯絡員與上海地區的領導；參加北伐工作，任黨報主筆，大革命後暫脫黨，參與左聯領導，反對文化圍剿，團結作家進行抗日反蔣宣傳創作；建國後領導政府文化工作，開展對外宣傳交流。

　　背景材料主要包括國內外重大政治事件和文藝界的重大動態，力求準確可靠。

序 言

荒 煤

　　春節之夜，我站在窗前眺望，不禁慶幸居住在高樓頂層，能夠觀賞今年北京春節美麗的夜景。遠方的萬家燈火猶如一片片閃耀的群星，一望無際，到處都在放鞭炮和焰火，有時候突然衝起一支支焰火，或者迸發出金黃色火星，或者飛起一朵朵閃亮的紅球，在深沉的夜色中顯得特別鮮艷耀目，可惜瞬息間便如流星一閃而去。

　　我讀完了《茅盾年譜》，面對著這種此起彼伏、群星燦爛的夜景，不能不感到心潮翻騰。回憶五四時期的新文學運動、三十年代的左翼文學運動、延安文藝座談會時期、全國解放初期、建國十週年時期，中國文壇，都有過一個蓬蓬勃勃群星燦爛的時期；卻沒想到十年內亂竟使得文壇橫遭摧殘，以致萬馬齊喑，一片荒蕪。打倒「四人幫」之後，在黨的十一屆三中全會以來的正確路線和方針的指引下，短短幾年就出現了一個文藝復興的局面，可是老一輩的優秀作家、偉大的革命作家郭沫若、茅盾等先後離別了我們，來不及和我們共享這創作空前繁榮的歡樂，也不能和我們一起來總結歷史的經驗和教訓，為未來社會主義文學事業的建設開拓更加寬廣的道路。

　　茅盾同志離開我們即將兩年了。這位偉大的中國革命作家，為了共產主義的理想追求奮鬥了一生，半個多世紀以來，經過曲折的道路，他始終戰鬥不息，對中國無產階級文學運動，對中國社會主義文學事業作出了卓越的貢獻。他的全部著作——畢生心血的結晶，仍是一顆永不殞落的巨星，將在中國現代文學史上永遠閃耀著瑰麗的光芒，照亮著我們前進的道路。

　　很遺憾，我們至今還沒有出版一本茅盾的傳記或茅盾評傳，使得全國人民和世界人民更加深刻地理解這位偉大的作家。

　　任何一個時代的偉大作家，在他所處的特定的歷史條件下，無論有多少時代的局限性，但他始終是一個為追求理想而畢生戰鬥不息的勇士；特別是在一個巨大變動的歷史時期，在偉大革命的進程中，他的全部作品——凝聚著思想感情的發展和變化，都不能不打上時代的烙印，不能不從各個側面反映時代的精神和革命的本質。

　　因此，真正要理解一個偉大的作家，理解他的創作道路、創作的成就和缺點、作品的思想的深度、藝術形象的典型意義、人物形象在歷史畫廊中應占有的地立和價值，以至作家的風格等等，都必須了解那個時代和歷史。

　　作家是時代的產兒，作品是時代的產物。不了解作家，不能了解時代；同樣，不了解時代，也不能了解作家。不站在歷史的高度，摸不清時代的脈搏，不懂得作家所追求的理想，看不透作家在奮鬥過程中所經歷的複雜的鬥爭，經過什麼樣的挫折、失敗、迷惘、彷徨、苦悶、痛苦而又終於得到清醒、堅定、勝利、勇毅、堅韌不拔的戰鬥精神，就不可能全面、系統地對作家的全部著作給予正確的評價。

　　通過年譜，就可看到茅盾同志戰鬥的一生，經歷了幾個時代：辛亥革命、第一、二次國內戰爭、抗日戰爭、解放戰爭，新中國建立，又經歷了十年內亂……。當他拿起筆來從事文學創作之前，他已經投身到革命鬥爭的漩渦中心，參加了大量的政治、教育、宣傳工作和黨的活動，翻譯了大量政治、經濟、哲學、文藝理論的文章。這其實也是他進入文學創作活動的準備階段。否則，不可能設想在短期間便能寫《子夜》這樣的鉅著。

　　茅盾同志除了文學創作之外，他又寫了大量的有獨特見解的評論文章和文藝理論以至古典文學研究方面文章，這都是和他深淵的歷史知識、廣博的文學修養、豐富的社會閱歷，能夠掌握和運用馬克思主義和毛澤東思想的方法和觀點分不開的。

　　因此，研究茅盾是研究現代文學史、現代作家中的一個重要而艱鉅的任務。《茅盾年譜》的作者花了大量的勞動，首先給我們提供了有關茅盾同志生平和著作的比較全面的重要資料，這對我們中國現代文學史的研究者、教學者來講，都是一件非常值得高興並且應該感謝的工作。

　　但是同時，我也認為讀一下《茅盾年譜》對於所有的文學愛好者、特別是青年作家，都有好處，不僅可以使我們獲得許多有益的知識，還可以使我們得到教育。作一個真正偉大的優秀的作家，不能是只顧自己關起門來寫點

作品，而是要有一種爲了整個無產階級文學事業的發展、繁榮，全力以赴的拼搏精神；茅盾同志在新中國建立之後實際上是把重要的精力都投入文學批評與理論工作方面來了，既滿腔熱情扶植新生力量，又敢於堅持正確的獨到的見解，這種無私無畏的精神，就是最好的證明。而這一切，就促成他在文學戰線上爲共產主義的理想追求和奮鬥了一生的光輝業績！

　　茅盾同志全心全意爲無產階級文學運動戰鬥終生所傾注的心血，必將促進我們社會主義文學事業進入一個更加朝氣勃勃的群星燦爛的新時代。

　　但願從《茅盾年譜》開始，能早日看到更多的研究茅盾的著作、茅盾評傳、茅盾傳記……出版。

一九八三年二月十六日凌晨

茅盾作品的現實意義（代序）[*]

萬樹玉

　　茅盾的一生創作了十五部中長篇小說、五十四個短篇小說和一個劇本。這些作品眞實、深邃、生動地反映了特定歷史時期中國社會生活的某些側面，描繪了各類人物的經歷和心聲，揭露鞭笞了反動統治的黑暗和腐朽，在今天仍具有不可磨滅的重大現實意義。

一、有助於我們學習暸解中國現代歷史

　　茅盾的這些作品均創作、發表於建國前國民黨統治時期。建國後，他曾創作過兩部長篇。一部是應國防部長羅瑞卿之約，於 1953 年寫竣的有關鎮反的電影劇本初稿：一部是 1955 年至 1958 年間於工作間隙中所寫的只完成了大綱和部分章節的小說初稿，題材涉及資本主義工商業的社會主義改造。他對這兩部完整初稿和部分初稿都不太滿意，均於 1970 年銷毀了之。另在 1952 年，他還作過兩篇揭露美軍在朝鮮進行細菌戰的小小說，只發表在法國出版的法文版《保衛和平》月刊上，國內未載。

　　中國新民主主義革命歷史各個階段的社會狀貌和人們的精神面目，在茅盾作品中都有映現。如長篇小說《霜葉紅似二月花》描寫了辛亥革命至五四運動到「五卅」運動這一時期，中國新興資產階級與地主階級的較量鬥爭；長篇小說《虹》描述了小資產階級知識分子從五四運動到「五卅」運動期間所經歷的人生旅程和革命道路；中篇小說《幻滅》、《動搖》、《追求》三部曲刻畫了青年知識分子在大革命中及大革命失敗後的動態和心態；長篇小說《子夜》和短篇小說《林家鋪子》、《春蠶》表現了三十年代初在世界資本主義經

---

[*] 《代序》爲本年譜收入此叢書時所增加。

濟危機、經濟擴張的脅迫下，在新軍閥統治和官僚買辦資本的壓榨下，城鎮農村經濟的萎縮和中小資本家及農民的悲劇命運；長篇小說《鍛煉》和《腐蝕》揭示了抗戰期間各階層人民的行動和抗日態度，以及國民黨內部的污穢黑幕；短篇小說《驚蟄》和《春天》展現了解放戰爭期間一些人對國共和談的態度以及某地解放初國民黨殘餘勢力的垂死掙扎。所以，無怪乎眾多學者都指出，茅盾作品可謂是中國現代史的「歷史畫卷」。這些作品給人們提供了一般歷史教科書提供不了的生動、具體、感性的歷史知識。所以，也可以說，茅盾作品是一部具有相當教育意義的中國現代史的形象教科書。

二、有助於我們認識舊中國社會的苦難生活

在茅盾筆下，我們看到了廣大底層勞苦人民的悲慘遭遇和多舛命運：如帝國主義國家蠶絲的大量湧入中國，導致中國絲業窒息、蠶價銳跌，《春蠶》中農民老通寶一家雖玩命悉心養蠶，繭寶豐收，到頭來還是虧了血本，使本已連過冬棉衣都穿不起的窮日子雪上加霜，《子夜》中裕華絲廠等老闆採用壓縮編制、扣減工資辦法轉嫁經濟危機和軍閥混戰之禍（據統計，1929 年，上海有 106 家絲廠倒閉了七十家，無錫的 70 家絲廠倒閉了四十家），使生活在簡陋草棚裏的工人們更加飢寒交迫、度日如年；在他筆下，我們看到了眾多小資產階級知識分子的清貧與侘傺、沉淪：如在民不聊生、生靈塗炭的軍閥專制與兵燹不斷時代，《蝕》三部曲中大革命失敗前後的一些時代女性及其他知識青年，在生活困窘和精神迷茫、悲觀、消沉的夾擊下，有的神經失常、心理變態，有的放曠行樂、追求性刺激，有的被迫以賣淫為生；在他筆下，我們還看到了小商人小店主的掙扎和破產：如《林家鋪子》的林老闆在經濟蕭條的衝擊下和當地國民黨官員的敲詐下，被迫虧本拋貨，但仍難以維持生計，最後背債破產，一走了之；在他筆下，我們也看到了頗有實力的民族資本家，在官僚買辦資本和帝國主義的壓迫打擊下，逐漸走向衰敗潦倒的過程，如《子夜》中的吳蓀甫，雄心勃勃地一心試圖拓展民族工業，卻受到了帝國主義和政府官僚撐腰的買辦資本家的競爭和箝制，經過金融證券市場幾個回合的較量，終於一敗塗地，幾乎傾家蕩產，包括喪失了一家大信託公司和幾個工廠及大量公債基金，陷入了走投無路、試圖自盡的困境。

當時上述這些社會生活與今天我們的美好生活相較，真是不啻霄壤。看今天的美好生活，是中國共產黨領導廣大人民歷經長期艱苦奮鬥和流血犧牲的結果，是付出巨大代價取得的，來之不易，應當珍惜；同時應飲水思源，

沒有共產黨，便沒有中國的解放、獨立與富強，應繼續堅持在黨的領導下，萬眾一心，為最終實現中華民族的偉大復興，夙興夜寐，克盡綿力。

三、幫助我們產生這樣一個思想啟示

實事求是，一切從實際出發，是我們認識並辦成一切事情的根本指針。茅盾醞釀創作《子夜》時，國內思想文化界正在就中國社會的性質和前途問題展開大辯論。稱為「動力」派的托派取消派認為，1927 年大革命後，中國已由資產階級掌握政權，已走上資本主義道路，無產階級只需爭取合法鬥爭；稱為「新思潮」派的一派則認為，中國還是半封建半殖民地社會，沒有變化。茅盾在正確剖析、認識中國國情基礎上，通過《子夜》的藝術描繪，回答了這樣一個問題：大革命失敗後，中國並沒有走上資本主義發展道路，而是在官僚買辦資本和帝國主義的壓迫下，更加半封建半殖民地化了；同時也表明了，中國民族資產階級由於存在進步性（有發展振興民族經濟的願望）和軟弱妥協性的兩面性，不可能擔當反帝反封建的領導重任，它只能是革命的爭取團結對象。

一切從實際出發，不僅是分析社會性質和革命道路的著眼點，也是現代化建設、改革開放的著眼點。外國的先進科技、管理經驗可以借鑒，但不能照搬照抄，尤其是國家的前進方向，只能走自己的道路，我們所建設的是中國特色的社會主義。

就價值觀而論，也應首先從中國的國情出發，從中國的民族習俗、人文傳統出發，確立自己的價值標準。什麼嘎納獎、奧斯卡獎，甚至是諾貝爾文學獎，都不應是西方的價值觀，絕不能把西方標準當作最高標準，奉為圭臬。當然，西方的評判也不是全無可取之處，但絕不能喧賓奪主，把它們看得太高太重。

四、借鑒茅盾的革命現實主義理論和革命現實主義創作方法，對於　　發展繁榮現代化建設時期的文藝，具有重大意義

借鑒可以從以下四個方面入手。

（一）深入生活、體驗生活、研究生活，這是一部作品創作成功的先決條件和前提。茅盾為寫好《子夜》，利用自己因病（神經衰弱、胃病、眼疾）醫生囑他多休閒的空隙，在一年半時間內，常到他在上海時的時任交通銀行董事長的盧鑒泉表叔公館去觀察體驗生活，接觸諮詢銀行家、資本家、商人、

公務員、證券業和政軍界人士，瞭解、諳熟有關情況，爲《子夜》的動筆做了充分準備。《子夜》出版後引起了巨大反響，當年公開發表的評論文章就有15篇之多。發行後3個月重印了四次，成了暢銷書。讀者中曾組織「子夜會」，對它進行座談討論。瞿秋白讚譽《子夜》是中國第一部革命現實主義的成功的長篇小說。《子夜》的重大成就，除含有作者深厚藝術修養與寫作經驗等因素，還首先生發自這樣的生活基礎。

創作必須要有生活基礎，沒有生活基礎，單憑主觀、抽象、空洞的設想、概念、教條、原理產生出來的作品，必然是公式化概念化的失敗作品。但是，作品是通過作家頭腦反映生活的，任何作家在創作前都有構思、謀劃，包括對主題、人物、情節的構想，不能想到什麼寫什麼，想到哪裏寫到哪裏，隨心所欲，毫無繩墨章法；所不同者只是方式有異，有的寫成書面大綱，如茅盾，有的只是腹稿，不一定見諸文字，等等，不一而足。有少數人就根據《子夜》的事先構思並擬成詳細大綱，就批評《子夜》是「主題先行」，意即搞公式化概念化，這實在是有悖事實的挑剔。看主題先行是否是公式化概念化，取決於有無生活基礎。有了生活基礎的主題先行是正常的構思，不等同於公式化概念化；無生活基礎的主題先行或其他預先構思，則都會造成公式化概念化。那茅盾創作中有無這樣的教訓呢？茅盾曾針對中篇小說《三人行》人物的概念化毛病作自我批評說：「徒有革命的立場而缺乏鬥爭的生活，不能有成功的作品。」（《茅盾選集自序》）

（二）是否掌握唯物辯證的科學觀，並用這種科學觀指導創作，是決定作品思想內容好壞的關鍵。

茅盾一向重視對創作的指導思想。他晚年還循循強調馬克思主義世界觀對創作的決定性作用。有了先進科學觀的指導，就能深刻正確地反映生活、描寫錯綜複雜的社會矛盾和社會關係，才不至於將生活的光明面寫成陰暗面，將陰暗面寫成光明面，將壞人寫成好人，顛倒黑白，混淆是非，褒貶錯位。

茅盾在這方面有一個重要文藝思想，就是作品的性質取決於作家的世界觀，而非創作題材。上世紀20年代後期，一些從日本留學歸來的創造社、太陽社的革命青年創導「革命文學」，其中含有一種帶有題材決定論意思的「左」傾論調，認為決定作品性質的標準應是題材，不是作者的世界觀和政治傾向，寫了無產階級生活的作品才是革命文學，反之則不是革命文學。他們抨擊茅

盾、魯迅的小說描寫了小資產階級的地主階級，是資產階級的「代言人」，是「封建餘孽」。茅盾反駁說，革命文藝的題材應是多方面的，不能認爲只有寫了無產階級生活的文學或工農所寫的文學才是無產階級文學。魯迅回答更直截了當，認爲「根本問題」在於作者是不是革命者，如是，則無論寫什麼都會是革命文學。他據此道出了一句形象化名言：「從噴泉裏出來的都是水，從血管裏出來的都是血。」嗣後，（1929 年），黨中央讓中宣部負責文藝出版工作的潘漢年發表文章指出，作品是否是普羅文學，取決了作品所表現的是否是無產階級的「觀念形態」，而非取決於是否是普羅生活的題材，肯定了魯迅、茅盾的意見，批評了題材決定論傾向，終止了這場爭論。

創作歷史題材的作品也需要遵循歷史唯物主義。現在有少數描寫歷史題材的影視作品，任意編造杜撰，使人看後感到歷史不像歷史，社會生活不像社會生活，完全背離了歷史唯物主義的科學原則。之所以如此，可能是，或是不諳歷史，或是迎合部分人的趣味，以增加票房收入。但經濟效益與社會效益必須並重，不能偏廢，否則會產生惡劣的社會影響，尤其對正需灌輸科學歷史知識的成長中的青少年，會帶來後悔不及的不良後果。傳達悖謬的歷史知識是達不到文藝爲人民服務的這一根本宗旨的。

（二）文藝作品既要眞實地反映現實，又要科學地揭示社會生活發展的必然趨向和前景。

茅盾將文藝的這種作用，形象地比喻爲「一面鏡子」和「一個指南針」。茅盾在《子夜》這部長篇小說裏雖然表面上著重描寫了 30 年代初民族資本與官僚買辦資本的矛盾鬥爭，但也隱隱地將當時中國的革命形勢暗喻爲子夜，子夜是一天的最黑暗時刻，是黑暗的盡頭，過了子夜就可漸漸見到黎明的曙光，革命的發展、中國的前途就像曙光一樣，必將越來越光明，越來越有希望。

（四）塑造典型環境中的典型人物。

創作中塑造典型環境中的典型人物之所以必要和重要，是因爲典型人物是一類群體或某一階層的代表人物，具有普遍意義。越具有代表性和普遍意義就越具有教育意義和啓迪作用。魯迅筆下的封建社會落後農民的突出典型阿Q，就具有廣泛的普遍意義。近數十年來，阿Q精神已成爲家喻戶曉的「精神勝利法」的專有詞語。什麼是阿Q精神或精神勝利法？簡言之，這是一種不思進取、不求變化的絕對的自信、絕對的自我滿足、絕對的自我陶醉的心

態。舉例說，就是，失敗了，自認成功；輸了，自認贏了；挨捧了，自認是鍛煉自己，值得。

茅盾很早就看重典型的塑造。現實主義「要真實地再現典型環境中的典型人物」這句話，是恩格斯 1888 年致英國作家哈克納斯信中提到的。但此信遲至 1932 年才發表。茅盾卻於 1920 年在《現代文學家的責任是什麼？》一文中提出了塑造典型的思想。他說，用文學的形式描寫社會病根，「不得不請出幾個人來做代表」。這裡，所謂人物「代表」，就是能典型人物的意思。

茅盾作品中的典型人物為數不少，但主要集中於知識分子尤其是女知識分子、中小資本家和農民這幾類。他筆下的民族資本家形象主要有三人：《清明前後》（劇本）中的林永清，《子夜》中的吳蓀甫，《鍛煉》中的嚴仲平。三人中最典型最出色的還是吳蓀甫。他身處 30 年代初的上海。上海當時不僅是中國的經濟金融中心，恐怕也是世界金融中心之一。它是帝國主義侵略滲透、官僚買辦資本壟斷控制經濟命脈、封建新軍閥統治壓迫最集中最突出的典型環境。在這樣一個典型的環境中，吳蓀甫所具有的中國民族資產階級的兩面性特徵也表現得淋漓盡致。他在政治上既有發展民族經濟振興民族工業的進步一面，是革命的爭取團結對象，又有對帝國主義、官僚買辦產生動搖妥協，對工農運動加以反動鎮壓的一面，需要予以限制改造；在個人秉性上，他既有剛愎自信、逞強精明、狠辣專橫的一面，又有輕率粗疏、惶遽恐懼、畏縮軟弱的一面。他塑造典型的種種表現手法和藝術技巧，對於當代文藝，如何依據人物的性格、經歷、教養、身份、地位、環境，深入細膩地描寫好現代化建設時期的各類典型人物，具有切實的參考啟發作用。

目次

茅盾

烏鎮觀前街茅盾故居

一九一四年在北京（在北大上學時）

一九二九年在日本京都

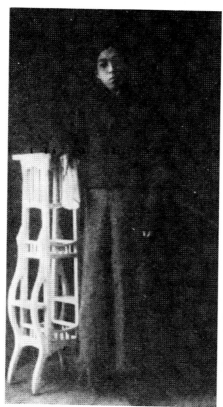

一九二〇年在上海

一九二七年在武漢

一九三五年在上海

一九四〇年在延安給魯藝學員講課

一九三八年初在廣州（全家合影）　　一九四五年在重慶五十壽辰慶祝會上

一九四六年冬在上海大陸新村寓所

一九四六年十二月至一九四七年四月
訪蘇期間與夫人在一起

一九四九年初在北京飯店與夫人合影

一九六一年在埃及金字塔下

一九八○年十二月在撰寫回憶錄

一九八○年在北京寓所與兒媳合影

編寫說明

一、茅盾是我國現代文學的開拓者和新文化運動的先驅者之一，也是「五四」後六十多年的漫長歲月中無產階級文藝戰線上的一面光輝旗幟，是全國人民，尤其是廣大知識份子和文藝工作者的效法楷模。為了向學習、研究茅盾生平、思想、文學道路和戰鬥業績的廣大讀者提供參考，特編寫了這本年譜。

二、本書以胡耀邦同志代表黨中央在悼詞中對茅盾一生所作的評價為指導思想，力求準確、真實、系統地反映出這位偉大的革命文學家一生的生活道路、文學道路和革命道路，其中尤以文學道路為重點，盡量做到材料翔實、完整。

三、為保持生平的整體性和連貫性，本書對譜主的生活情況、文學和政治活動、創作、著譯等各個方面採取綜合記述、繫年編譜的寫法。對學術性專著、創作（主要是小說）和文論，則擇其要者加以評介，包括內容提要，寫作背景，特點、影響、作用等。一般文章和譯作則僅存目。譜主的書信、題字絕大部分未曾公諸於世，因此譜中提及的只能是一鱗半爪。

四、本書正文敘述譜主本事，一般按年月日次序編列，無日可考者用旬，無旬可考者用月，無月可考者用季，超出季的則用年。譜主親屬事略也列入正文。凡屬時代背景材料——包括國內外大事、文藝界動態等，一律記入每年的「重要紀事」，附錄於本事後面，編列次序與正文相仿。除親戚外，本事和背景材料中涉及的其他人均不用稱呼。

五、譜主著譯，有寫作日期者，按寫作日期列目，同時標明發表或出版日期；無寫作日期者，按發表或出版日期列目。著譯揭載的報刊，均為初載報

刊。報紙標示出版地點和日期,如係當年當月,則年月從略,如非當年或當月,則注明年或月。刊物寫出卷、期(號)數,不注明出版日期。著譯結集出版,一般只列初版,再版從略。

六、本書引文來源和筆者按、注均寫入正文括號內。如在引文內按、注,則標明「──筆者」字樣。文中日期,書刊卷、期(號)數,以及括號內數字,一律用漢字。

七、本書所引茅盾著譯主要參照《茅盾文集》(人民文學出版社一九六一年版)、《茅盾評論文集》(人民文學出版社一九七八年版)、《茅盾詩詞》(河北人民出版社一九七九年版)、《茅盾論創作》(上海文藝出版社一九八〇年版)、《茅盾論中國現代作家作品》(北京大學出版社一九八〇年版)、《世界文學名著雜談》(天津百花文藝出版社一九八〇年版)、《茅盾近作》(四川人民出版社一九八〇年版)、《茅盾散文速寫集》(上、下)(人民文學出版社一九八〇年版)、《茅盾短篇小說集》(上、下)(人民文學出版社一九八〇年版)、《茅盾文藝雜論集》(上、下)(上海文藝出版社一九八一年版)、《茅盾文藝評論集》(上、下)(文化藝術出版社一九八一年版)、《神話研究》(天津百花文藝出版社一九八一年版)、《茅盾譯文集》(上、下)(人民文學出版社一九八一年版)、《雪人》(商務印書館一九二八年版)、《近代文學面面觀》(上海世界書局一九二九年版)、《桃園》(文化生活出版社一九三五年版)、《回憶‧書簡‧雜記》(生活書店一九三六年版)、《蘇聯愛國戰爭短篇小說譯叢》(上海永祥印書館一九四六年版)。引用未收集的創作、著作和譯文則以原載報刊和原書為準。

一、童年、學生時代
（1896 年 7 月～1916 年 7 月）

一八九六年（丙申）誕生

七月四日（農曆五月二十五日）

亥時，出生於浙江省桐鄉縣烏鎮市河東側觀前街老屋（現爲烏鎮茅盾故居）。小名燕昌，大名德鴻（但小名從未用過，家中人都叫德鴻）。父親沈永錫，字伯蕃，中過秀才，思想維新，酷愛數學，讀過一些自然科學和介紹歐美各國政治經濟制度的新書，從岳父——江浙名醫陳我如學醫，後在烏鎮行醫。母親陳愛珠，素有舊學根底，讀過四書五經、《唐詩三百首》、《古文觀止》、《列女傳》、《幼學瓊林》、《楚辭集注》、《史鑑節要》等書和一些古典小說，也喜「新學」，是茅盾的第一個啓蒙老師。祖父沈恩培，字硯耕，秀才，曾在鎮上經營泰興昌紙店，有四男二女，茅盾是他的長房長孫。曾祖父名煥，字芸卿，曾在鎮上維持祖輩傳下的一爿小旱煙店，後到上海當山貨行伙計，在漢口經營山貨行，最後謀任廣西梧州稅關監督。

〔重要紀事〕

是年

維新派在上海創辦《時務報》，梁啓超任主筆。

嚴復譯述完英國赫胥黎所著《進化論與倫理學及其他論文》中的前兩篇，譯名爲《天演論》。

一八九七年（丁酉）一歲

是年

出生後一直隨父母親居外祖父家，直到一歲半曾祖父告老回家時，才回到曾祖父的觀前街老屋去住。

〔重要紀事〕

二月

商務印書館創設於上海。

十月

嚴復等在天津創辦《國聞報》，宣傳變法。

一八九八年（戊戌）二歲

是年

外祖父病重、去世，又隨母親去外婆家住了一段時間。

〔重要紀事〕

四月

康有為、梁啓超在北京成立保國會，提出「保國、保種、保教」的宗旨。

六月

清政府與英國簽訂中英《展拓香港界址專條》。

清光緒帝於十一日頒布《明定國是詔》，決定變法，「百日維新」開始。九月，變法失敗。

十月

直隸、山東兩省邊境地區出現反帝愛國武裝——義和團，聲勢壯大。

一八九九年（己亥）三歲

是年

跟著母親回到了老屋。

〔重要紀事〕

九月

美國國務卿海約翰提出對中國的「門戶開放」政策。

一九○○年（庚子）四歲

七月

胞弟沈澤民出生。

是年

曾祖父逝世。曾祖父三房兒子分家，祖父得一爿紙店（即「泰興昌紙店」，位於市河東側的沿河街道——常新街的南頭）和觀前街老屋。

〔重要紀事〕

春

義和團主力由山東向直隸轉移，六月進入京津，在京津一帶痛擊外國侵略軍。

八月

英、法、德、奧、俄、美、日、意等帝國主義組成的八國聯軍侵陷北京，慈禧太后挾光緒帝逃往西安。

一九○一年（辛丑）五歲

是年

開始由母親在家裡授課，教材是上海澄衷學堂的《字課圖識》以及從《正蒙必讀》裡親手抄下來的《天文歌略》和《地理歌略》。還有一本《史鑑節要》，用淺近的文言編一節，教一節，作為歷史讀物。

〔重要紀事〕

九月

清政府在北京與英、法、德、日、俄、奧、意、美、西、荷、比十一國簽訂喪權辱國的《辛丑條約》。

一九〇二年（壬寅）六歲

是年

曾祖母辭世。

〔重要紀事〕

春

景廷賓以「掃清滅洋」，爲號召，在直隸舉行農民起義。

一九〇三年（癸卯）七歲

是年

進家塾一年半，學的是四書五經等，同學中有王彥臣的女兒王會悟（她是茅盾的表姑，後來成了李達的夫人）。執教的先後有父親、祖父及親戚。

〔重要紀事〕

四月

沙俄背約，拒從我國東北撤兵。上海各界召開拒俄大會，通電反對沙俄背約。在東京中國留日學生也爲此組織拒俄義勇隊。

五月

鄒容在上海發表《革命軍》一書，提出「建立中華共和國」的主張。

六月

上海《蘇報》因節載章太炎的《駁康有爲論革命書》等文，遭查封。

一九〇四年（甲辰）八歲

是年

父親病倒。

〔重要紀事〕

二月

爭奪我東北的日俄戰爭在中國領土上爆發，次年九月結束，俄國戰敗，將其在我遼東半島的租借權轉讓給了日本。

十一月

章炳麟、蔡元培等在上海成立光復會。秋瑾等加入。

一九〇五年（乙巳）九歲

春

入烏鎮新辦的第一所國民初等男學堂（後改為立志初級小學）讀書。校長是茅盾的表叔盧鑑泉。茅盾是該校的第一班學生。該班教師一個是茅盾父親的好友沈聽蕉，教國文、修身、歷史，另一個姓翁，教數學。國文課本用的是《速通虛字法》和《論說入門》（談富國強兵之道的短篇論文或史論），修身課本就是《論語》，歷史教材由沈聽蕉自編。其他音樂、圖畫等課程都沒有開。沈聽蕉每週要學生寫一篇作文，經常以《秦始皇漢武帝合論》之類的史論為題。此外，學校每月有考試，單考國文一課，寫一篇文章（常常是史論），考後還發榜，成績優秀的予以嘉獎。

夏

父親因患骨癆不治而故，終年三十四歲。他病重後自知不起，曾口授遺囑，由茅盾祖父筆錄，其要點是：「中國大勢，除非有第二次的變法維新，便要被列強瓜分，而兩者都必然要振興實業，需要理工人才；如果不願在國內做亡國奴，有了理工這個本領，國外到處可以謀生。遺囑上又囑咐我和弟弟不要誤解自由、平等的意義。」（茅盾：《我走過的道路‧童年》）立遺囑後的一天，父親並當面指著譚嗣同的《仁學》，讚譽為「一大奇書」，示意茅盾長大後閱讀。從此父親不再看書，卻天天與他議論國家大事，常講日本通過明治維新走上強國的歷史，還常常勉勵茅盾：「大丈夫要以天下為己任。」母親則要茅盾做個有志氣的人，成為弟弟的表率。父親逝世後，母親在靈堂內父親遺照鏡框的兩側，寫下一副楷書對聯：「幼誦孔孟之言，長學聲光化電，憂國憂家，斯人斯疾，奈何長才未展，死不瞑目；良人亦即良師，十年互勉互勵，電碎春紅，百身莫贖，從今誓守遺言，管教雙雛。」

〔重要紀事〕

一月

俄國第一次資產階級民主革命爆發。

八月

中國第一個資產階級革命政黨同盟會在日本東京召開成立大會，提出「驅除韃虜，恢復中華，建立民國，平均地權」的政治綱領，並推舉孫中山爲總理。

十一月

同盟會機關報《民報》在日本東京創刊。孫中山爲該報撰寫的《發刊詞》中，把十六字綱領進一步闡發爲「民族」、「民權」、「民生」三大主義。

一九〇六年（丙午）十歲

冬

從立志初級小學畢業。

〔重要紀事〕

九月

清政府頒詔，預備立憲。

十二月

張謇、湯壽潛等在上海成立預備立憲公會，是爲國內立憲派的第一個團體。

一九〇七年（丁未）十一歲

春

轉入新辦的植材高等小學，校址在鎮內供奉太上老君的「北宮」。植材的前身是中西學堂。茅盾在校國文成績優異，爲全校之冠。教師張立琴曾撫其背說：「你將來是個了不得的文學家呢！好好地用功吧！」（志堅：《懷茅盾》，見《文壇史料》）翌年參加童生會考，試題是《試論富國強兵之道》，茅盾以父母經常議論國家大事的話寫成四百多字，最後以「大丈夫當以天下爲己任」作結，深得主持人盧鑑泉表叔的誇讚，作批語稱：「十二歲小兒，能作此語，莫謂祖國無人也。」（茅盾：《我走過的道路‧學生時代》）

〔重要紀事〕

七月

光復會會員徐錫麟刺殺安徽巡撫恩銘，起義於安慶，事敗遭慘殺。秋瑾在

紹興聯合會黨，準備響應，事泄，就義。

是年

同盟會先後發動潮州黃岡起義、惠州七女湖起義、欽州防城起義和鎮南關起義。

一九○八年（戊申）十二歲

是年

繼續在植材高等小學讀書。

〔重要紀事〕

十一月

光緒帝、慈禧太后死。由溥儀繼帝位，載灃為攝政王。

一九○九年（己酉）十三歲

冬

自植材高等小學畢業。

是年

在植材高級小學寫了三十七篇作文，共一萬六千餘字。

〔重要紀事〕

是年

柳亞子等人成立南社，以詩文進行反清革命宣傳。

一九一○年（庚戌）十四歲

春

入湖州的浙江省立第三中學讀書，插二年級。該中學的校舍是愛山書院的舊址加建洋式教室。校長沈普琴是同盟會的秘密會員，大地主，在湖州頗有名望。課程有本國地理、國文、英文、體育等。國文老師姓楊，他的教材包括《莊子》中所選若干篇，古詩十九首，《日出東南隅》，左太沖《詠史》和白居易的《慈烏夜啼》、《道州民》、《有木》八章，以及明末復社首

領張溥編選的《漢魏六朝百三家集》的題辭等。體育課實際上是軍事操練，平時有眞槍實彈訓練。每學期還組織一次急行軍式的「遠足」。

夏

在湖州中學，從四年級某同學處學會了篆刻方法，刻了一個暑假的石章。

將一九○九年在植材高等小學寫的三十七篇作文裝訂成兩冊，置存於家。（抗戰勝利後，夫人孔德沚回烏鎮整理舊書時把這兩冊作文送給了原植材小學的一個老師。文革期間，這位老師的兒子給茅盾家去信，稱這些作文在抄家時丟失了。一九八一年二月在故鄉桐鄉縣發現，已由光明日報出版社於一九八四年十月出版。）

秋

與湖州中學老師、同學去南京參觀南洋勸業會（由兩江總督端方、江蘇巡撫陳啓泰和華僑資本家發起，官商會辦，意在招徠東南亞華僑投資興辦工廠並傳授管理工業的經驗和技術，而會上陳列江南各省特產，亦有向東南亞推銷的目的），共三天半，三天參觀，半天玩雨花臺。在書坊裡買了一部《世說新語》。

在錢念劬老先生代理湖州中學校長期間（約一個月），茅盾寫了一篇題爲《志在鴻鵠》的類似駢體的文章，五、六百字，內容大致講鴻鵠高飛，嘲笑下邊仰著臉看的獵人。錢老先生閱後批道：「是將來能爲文者。」

國文課的楊老師教學生們作駢體文，茅盾用駢體文寫了一篇題爲《記夢》的作文，約五百多字，楊先生稱讚構思新穎，文字不俗。

〔重要紀事〕

二月

廣州新軍舉行起義，旋失敗。

一九一一年（辛亥）十五歲

一至二月

在曾祖父生前居住的三間平屋的書堆中找到了《昭明文選》，寒假時就專讀此書。

夏

在湖州的浙江省第三中學讀完三年級上半學期，肄業。

秋

轉入嘉興的浙江省立第二中學，插三年級下半學期，只讀了一個學期。學校政治空氣濃厚，校長方青箱、幾何老師計仰先、國文老師朱希祖、馬裕藻、朱蓬仙，以及代數、物理、化學、體育等老師都是革命黨（即同盟會會員）。國文教材有《周官考工記》、《阮元車制考》、《春秋左氏傳》等。朱蓬仙教修身，自編講義，通篇是集句，最愛用《顏氏家訓》。

武昌起義後，計仰先參加了上海、杭州的光復工作，方青箱任嘉興軍政分司，校務由一位新來的學監陳鳳章負責。新學監表示要整頓校風，禁止學生必要的自由活動，招致學生的不滿。

冬

大考時茅盾曾把一隻死老鼠送給姓陳的學監，並在封套上題了幾句《莊子》，因此同「搗亂」的學生（包括四叔祖吉甫的兒子凱崧，稱做凱叔）一起被公開記過，旋又被除名。大考完後，曾與凱崧和一些同學遊了南湖，在煙雨樓中喝了酒。

農曆十一月，到杭州，住在與烏鎮泰興昌紙店有生意往來的一家紙行裡，考（只考國文、英文）私立安定中學，考後第三天即通知被錄取。杭州紙行老板留住數天，由收帳員陪遊了西湖，在「樓外樓」吃了飯。後返烏鎮度完寒假。

〔重要紀事〕

四月

二十七日，同盟會領導的廣州起義爆發，與清軍激戰後失敗，事後收殮烈士遺骸七十二具，合葬於白雲山麓紅花崗，並改名黃花崗。

五月

清政府宣布將商辦的川漢、粵漢鐵路「收歸國有」，旋將築路權出賣給帝國主義。湖北、湖南、廣東、四川人民紛起反對，發動保路運動，釀成了辛亥革命的導火線。

九月

文學社和共進會在武昌舉行聯合會議，決定在湖北新軍中發動武裝起義。

十月

十日，辛亥革命爆發。當晚，駐武昌的湖北新軍攻打湖廣總督署。次日正午，武昌全城爲革命軍占領。旬日之間，全國響應。

十一月

袁世凱在帝國主義支持下逼迫清廷取消皇族內閣，由他任內閣總理大臣。

十二月

革命軍攻克南京。南北和議開始。

二十九日，獨立的奉、直、豫等十七省代表於南京開會，選舉孫中山爲中華民國臨時大總統。

一九一二年（壬子）十六歲

春

到杭州安定中學入學，插四年級下學期（辛亥革命前，學校實行春季入學，辛亥革命後改爲秋季入學，故只能從三年級插四年級下學期）。安定中學的師資力量較強。國文老師是被稱爲浙江才子的張獻之，他教學生寫詩、填詞、作對聯。另一個姓楊的國文教員講中國文學發展變遷史。教物理、化學的都是日本留學生。

〔重要紀事〕

一月

孫中山在南京宣誓就任中華民國臨時大總統，宣告中華民國成立，改用陽曆。

二月

孫中山向臨時參議院辭臨時大總統，並推薦袁世凱以自代。清帝溥儀宣告退位。

八月

同盟會聯合統一共和黨等四個政團合併組成國民黨，孫中山任理事長，黃興、宋教仁等任理事。

一九一三年（癸丑）十七歲

夏

在杭州私立安定中學讀完五年級，中學畢業。

對整個中學生活，茅盾後來曾概括說：「如果一定要找出這三個中學校曾經給與我些什麼，現在心痛地回想起來，是這些個：書不讀秦漢以下，駢文是文章之正宗；詩要學建安七子；寫信擬六朝人的小札；舉止要風流瀟灑；氣度要清華疏曠。」（《我的中學生時代及其後》，見《印象·感想·回憶》）

七月

下旬，到上海（住堂房祖父開的山貨行中）考北京大學預科第一類（將來進本科的文、法、商三科），考完後，堂房叔祖留住一、二天，派學徒陪遊了上海邑廟等處。回家後接錄取通知。

八月

中旬，到上海，在四叔祖吉甫（凱崧之父）處歇腳二、三天，跑遍上海各書坊，買了一部石印的《漢魏六朝百三家集》。旋與謝硯谷乘輪北上天津，海程三日三夜。在天津停留一、二天（住在天津海關做事的親戚家），後即乘火車到北京，由盧表叔之子、表弟盧桂芳接送至預科新生宿舍譯學館。當時北大預科第一類新生約二百多人，分四個課堂上課。北大預科主任是沈步洲。章太炎的同學、俞曲園的弟子陳漢章教本國歷史。茅盾曾批評他在自編講義中，宣揚外國的聲、光、化、電之學導源於我先秦諸子著作，是「發思古之幽情，揚大漢之天聲」，陳漢章聞後於晚上派人找茅盾到他家談話，解釋他這樣做，意在打破其時風靡全國崇洋鄙己的頹風。教本國地理的教授是揚州人，也是自編教材。沈尹默教國文，沒有講義，只指示研究學術的門徑，如何博覽，主張由學生自己掌握。在先秦諸子學說方面，他教學生精讀莊子的《天下》篇，荀子的《非十二子》篇，韓非子的《顯學》篇；文學方面，他要求讀曹丕的《典論·論文》，陸機的《文賦》，劉勰的《文心雕龍》，以及近人章學誠的《文史通義》和劉知幾的《史通》。教世界史的是英國人，課本是邁爾的《世界通史》，分上古、中古、近代三部分。外國文學的教材是兩本書，一是司各特的《艾凡赫》，另一本是狄福的《魯賓遜飄流記》，由兩個外籍老師各教一本，到第二學期均改由中國人講解。預科第一類規定的第一外語是英語，第二外語是法語或德語，茅盾

選了法語，也由外籍人教授。還有一位美籍教師教莎士比亞戲曲，一學期後便要學生寫英文論文。

在預科時，寒假每次是一個半月，茅盾遵母囑，均不回家，住在宿舍，向盧鑑泉表叔借竹簡齋本二十四史來讀。除前四史是精讀，其餘各史僅瀏覽一遍。

〔重要紀事〕

七月

李烈鈞在江西舉兵討袁，「二次革命」爆發，八月失敗。

十月

袁世凱以軍警包圍國會，迫使國會選了他為正式大總統。

十一月

袁世凱下令解散國民黨，並撤銷國會中國民黨籍議員資格。

一九一四年（甲寅）十八歲

是年

繼續在北大預科讀書。

〔重要紀事〕

五月

孫中山在東京創刊《民國》雜誌，進行反袁宣傳。

七月

孫中山在東京召集部分國民黨激進派，另組中華革命黨。

八月

第一次世界大戰爆發，德國對俄、法、英宣戰，日本對德宣戰。

一九一五年（乙卯）十九歲

四月

北京盛傳日本向中國提出「二十一條」和袁世凱不惜背城一戰的謠言。茅

盾聞知後，就於某晚到盧公館向表叔盧鑑泉詢問中日有無交戰可能，盧說，
「可惜總統年老，不是當年小站練兵的時候了。」茅盾這才領悟到，原來
袁世凱用的是「將要與之，必先取之」的詭計──為自己接受條件準備藉
口。

夏

在譯學館宿舍見前來探望的凱崧。他已由盧鑑泉表叔保薦在中國銀行當練
習生，此時來北京就業。

冬

應盧桂芳表弟之邀，參加國內公債抽簽還本的公開大會，看了公債抽簽情
況，聽了盧鑑泉表叔的演講。

是年

繼續在北大預科讀書。

〔重要紀事〕

一月

日本向袁世凱提出陰謀滅亡中國的「二十一條」要求，作為支持袁稱帝的
條件。

五月

袁世凱正式承認喪權辱國的「二十一條」，全國人民紛起反對，留日學生一
律回國。

九月

陳獨秀主編的《青年》雜誌在上海創刊，翌年第二卷第一號起改名為《新
青年》。

十二月

袁世凱稱帝，改國號為「中華帝國」，以明年為「洪憲」元年。唐繼堯、蔡
鍔等通電各省，宣告雲南獨立，並組織護國軍出兵討袁。

一九一六年（丙辰）二十歲

年初

與表叔盧鑑泉、表弟盧桂芳在浙江會館參加新年團拜，由盧鑑泉介紹與沈

鈞儒第一次見面。

三月

某夜,與同學們翻過宿舍的矮圍墻去觀看社稷壇放廣東焰火(原擬慶祝袁世凱正式登位時使用,袁被迫取消帝制後,就在社稷壇放掉),第一次看到半空中以火花組成的文字「天下太平」。

七月

北京大學預科畢業,回家,在回家前,與一些同學和凱崧乘人力車遊了一次頤和園。

〔重要紀事〕

一月

葉楚傖、邵力子在上海創辦《民國日報》,後成國民黨機關報。

三月

袁世凱被迫取消帝制,仍稱大總統。

六月

袁世凱死,黎元洪繼任大總統,段祺瑞任國務總理。

二、早期的文學、革命活動
（1916 年 8 月～1926 年）

一九一六年（丙辰）二十歲

八月

上旬，經表叔盧學溥（鑑泉）託商務印書館北京分館經理孫壯（伯恆）介紹，進上海商務印書館編譯所（在上海寶山路）英文部，在新設立的「英文函授學校」任職，專門修改學生們寄來的課卷，工作了一個多月。英文部共七人，部長鄺富灼。同宿舍的還有編譯所國文部「辭典部」的謝冠生。在改卷之餘，常看一本石印的翁元圻注《困學紀聞》。

九月

從謝冠生處看到當時商務正在發行的《辭源》，用文言揮就兩百餘字短函，致商務總經理張菊生，略陳己見，爲張菊生所賞識，經與編譯所所長高夢旦商定，調他至國文部，與高級編譯孫毓修合作。

本月至十二月，譯述完美國卡本脫的有關衣、食、住三本書。《衣》（原文爲《人如何得衣》）約七萬字，是續譯，前三章爲孫毓修意譯，其他兩本全由茅盾所譯。這是公開發表的茅盾最初譯著。

〔重要紀事〕

九月

《新青年》第二卷第一號發表李大釗的《青春》一文。

十二月

蔡元培被任命爲北京大學校長。

是年

英、美基督教會在北京成立燕京大學。

一九一七年（丁巳）二十一歲

一月

翻譯科學幻想小說《三百年後孵化之卵》，刊於一九一七年《學生雜誌》第四卷第一至四期，這是茅盾公開發表的第一篇譯文。

開始編纂《中國寓言初編》，半年餘編成，孫毓修作《序》，十月出版。

七月

應母親之命，回家商量弟弟沈澤民升學的事（澤民剛從浙江省立第三中學畢業）。回烏鎮商量結果，決定讓澤民投考南京河海工程專門學校。接著，與澤民一同回上海，安排其在編譯所宿舍住兩三天後，由其一人去南京。

八月底

澤民接錄取通知，茅盾遵母親信囑，回家。

九月

與沈澤民一起陪同母親從家鄉烏鎮出發到上海、南京旅遊。先到上海，住中等旅館，乘馬車遊覽了公共租界和法租界的幾條繁鬧街道，隨母親去商務印書館發行所買了兩套有關世界歷史和中國歷史的書。在上海玩了三四天後，又同乘火車到南京遊覽名勝古蹟四五天，在一個像樣的旅館歇腳。然後澤民留在南京上學，他與母親乘長江客輪回上海。到上海後又送母親轉乘小火輪回烏鎮，然後回商務編譯所。整個旅行共兩個星期。此時，工作已有變動，半天編《中國寓言續編》，半天幫朱元善審閱《學生雜誌》的投稿。

十二月

應朱元善之請，在《學生雜誌》第四卷第十二號上發表第一論文《學生與社會》，作爲該刊社論，對封建主義的治學思想進行了猛烈的抨擊。

〔重要紀事〕

一月

一日，胡適在《新青年》第二卷第五號發表《文學改良芻議》，反對文言文，提倡白話文。

二月

一日，陳獨秀在《新青年》第二卷第六號發表《文學革命論》，首倡文學革命，反對封建貴族文學。

三月

十二日，俄國二月革命爆發，推翻沙皇專制政體，建立臨時政府。

七月

一日，張勳等在北京擁立溥儀復辟，僅十二天即告失敗。

十一月

七日，俄國發生偉大的十月社會主義革命。

一九一八年（戊午）二十二歲

一月

發表為《學生雜誌》第五卷第一號寫的社論《一九一八年之學生》，提倡革新思想、奮鬥自立。茅盾自稱，此所謂新思想只是「『個性之解放』、『人格之獨立』等等資產階級民主主義的東西，還不是馬克思主義，因為那時『十月革命』炮聲剛剛響過，馬克思主義還沒有傳播到中國。」他並說：「進化論，當然我研究過，對我有影響，不過那時對我思想影響最大，促使我寫出這兩篇文章（另一篇是《學生與社會》——筆者）的，還是《新青年》。而《新青年》那時還沒提到辯證唯物論和歷史唯物論的思想方法。」（茅盾：《我走過的道路·商務印書館編譯所》）

和澤民合譯美國洛賽爾·彭特所著科學小說《兩月中之建築譚》，澤民主要負責技術部分的翻譯，在《學生雜誌》上連載八期（第五卷第一號至第八號）。小說開頭用駢體文撰寫。

二月

回烏鎮半月，與孔德沚結婚。這門親事在他五歲時就由雙方的祖父定下。

孔家幾代在烏鎮開蠟燭和紙馬店（專售香燭、錫箔、黃表等迷信用品），到岳父一代仍開設小小的紙馬店。孔德沚不識字，由茅盾母親負責施教，曾去附近石門灣某小學就學一年半。德沚名係茅盾所取。

四至六月

記述鞋匠出身而奮發成名者傳記《履人傳》，刊於《學生雜誌》第五卷第四、六號。篇前有三四百字的「緒言」，用駢體文寫就。此篇和嗣後發表的《縫工傳》均根據英美雜誌《我的雜誌》和《兒童百科全書》上有關傳記和軼事資料編寫而成。

六月

編寫童話《大槐國》，由商務印書館出版。

七月

編寫童話《負骨報恩》，由商務印書館出版。

譯《二十世紀之南極》，刊於《學生雜誌》第五卷第七號。

八月

回烏鎮一次，在石門灣上小學的夫人也放暑假在家。

編寫童話《獅騾訪豬》、《獅受蚊欺》、《傲狐蜃蟹》、《學由瓜得》、《風雲雨》及《千匹絹》等，由商務印書館出版。

九月

記述裁縫出身而奮發成名者的傳記《縫工傳》，刊於《學生雜誌》第五卷第九、十號，篇前有三四百字的《緒言》，用駢體文寫成。

編寫童話《平和會議》（包括《平和會議》、《蜂蝸之手》、《雞鷩之手》、《金盞花與松樹》、《以鏡為鑑》），由商務印書館出版。

十一月

創作童話《尋快樂》，編寫童話《驢大哥》，由商務印書館出版。

〔重要紀事〕

四月

毛澤東在長沙創辦新民學會。

五月

魯迅在《新青年》第四卷第五號上發表《狂人日記》。

十月

李大釗在《新青年》第五卷第五號上發表《庶民的勝利》、《布爾什維主義的勝利》兩文，熱情讚頌十月革命的偉大勝利。

十一月

第一次世界大戰結束。

一九一九年（己未）二十三歲

一月

傳記《福煦將軍》，刊於《學生雜誌》第六卷第一號。

編寫童話《蛙公主》、《兔娶婦》和《怪花園》（分別作爲童話第一集第八十、八十一、八十二編），由商務印書館出版。

二月

評介《蕭伯納》，刊於《學生雜誌》第六卷第二、三號。

翻譯《地獄中之對譚》（英國蕭伯納）以及「前言」，刊於《學生雜誌》第六卷第二號。

三月

在商務編譯所宿舍請人修建了一間自用平房，修建和購買家具費用共一百多元。

編寫童話《書呆子》（作爲童話第一集第八十三編），由商務印書館出版。

四月

評論《托爾斯泰與今日之俄羅斯》，刊於《學生雜誌》第六卷第四至六號。這是茅盾的第一篇文學論文，是在讀了《新青年》開始關注俄國文學後寫的一篇文章。文章強調蘇俄新文學對歐洲文學的影響和蘇聯的「布爾什維主義」對歐洲和世界思潮的影響。

編寫童話《樹中餓》和《牧羊郎官》（分別作爲童話第一集第八十五、八十六編），由商務印書館出版。

五月

在報紙上看到北京的學生們舉行空前大規模的示威遊行，抗議北洋軍閥政府的辱國外交。當時編譯所中一般人認爲這是政治事件，與文化無關，但

茅盾想到「北京大學在這次運動中居於中心地位，而一年來鼓吹新文化的
《新青年》卻正是北京大學的教授們所主持」，因此「發生許多聯想」。（茅
盾：《我走過的道路·革新〈小說月報〉的前後》）當北京學生聯合會的代
表到了上海，在某校操場演講時，就跑去聽講。

在五四運動的影響和推動下，開始專注於文學，翻譯、介紹了大量的外國
文學作品。

編寫童話《一段麻》（作爲童話第一集第八十四編），由商務印書館出版。

七月

評介《近代戲劇家傳》，介紹了比昂遜、契訶夫等三十四個劇作家，連載於
《學生雜誌》第六卷第七至十二號。

雜論《對於黃藹女士討論小組織問題一文的意見》，刊於《時事新報·學燈》
（二十五日）。

編寫童話《海斯交運》和《金龜》（分別作爲童話第一集第八十七、八十八
編），由商務印書館出版。

七、八月間

與孫毓修到南京江南圖書館覓選《四部叢刊》的善本資料。登記孫選定的
善本書半個月，擔任這些善本書影印複製的總校對一個月。在此期間翻譯
了若干篇英文作品，同正在南京讀書的澤民見面兩次。

八月

第一次用白話作雜論《誠實》，後刊於桐鄉《新鄉人》第一期。

第一次用白話翻譯了契訶夫的短篇小說《在家裡》，刊於《時事新報·學燈》
（二十日至二十二日）。第二篇白話翻譯《界石》（奧地利 A. Schnitgler），
刊於《時事新報·學燈》（二十八日）。

九月

翻譯《他的僕》（strindberg 作）以及「後記」，刊於《時事新報·學燈》（十
八日）。《夜》（E. g. Gootsworth 作）和《日落》（Evelynwell 作），同刊於《時
事新報·學燈》（三十日）。

十月

二十八日，作雜論《我們爲什麼讀書》；雜論《驕傲》，同刊於桐鄉《新鄉
人》第二期。雜論《「一個問題」的商榷》刊於《時事新報·學燈》（三十

日）。

翻譯《一段弦線》（莫泊桑）以及「前言」、《月方升》（愛爾蘭格雷戈里夫人）、《賣誹謗的》（契訶夫）和《情人》（高爾基）以及「前言」，先後刊於《時事新報・學燈》（七至十二日、十日、十一至十四日、二十五至二十八日）。《丁泰琪的死》（比利時梅特林克）以及「附註」，刊於《解放與改造》第一卷第四號。

十一月

月初，應《小說月報》與《婦女雜誌》主編王蒓農之請，同意主持《小說月報》中明年新闢的「小說新潮」欄（佔《小說月報》三分之一篇幅）的實際編輯事務。「小說新潮」欄將專門用白話文翻譯介紹世界文學名著。

評論《蕭伯納的〈華倫夫人之職業〉》，刊於《時事新報・學燈》（二十四日）。

雜論《解放的婦女與婦女的解放》，刊於《婦女雜誌》第五卷第十一號。

通信《致虞裳》，刊於《時事新報・學燈》（十八日至二十日）。

翻譯《新偶像》（德國尼采）以及「前言」，刊於《解放與改造》第一卷第六號。

十一日，譯《〈強迫的婚姻〉附記》。

二十九日，譯《〈誘惑〉前言和後記》。

十二月

評論《文學家的托爾斯泰》，刊於《時事新報・學燈》（八日）；《羅塞爾〈到自由的幾條擬徑〉》以及文前說明，刊於《解放與改造》第一卷第七號。

雜論《本鎮開辦電燈廠問題》和《人到底是什麼》，同刊於桐鄉《新鄉人》第三期。

翻譯《探「極」的潛艇》和《第一次飛渡大西洋R34號》，同刊於《學生雜誌》第六卷第十二號。

翻譯《社會主義下的科學與藝術》（羅塞爾《到自由的幾條擬徑》之第七章），刊於《解放與改造》第一卷第八號。翻譯《市場之蠅》（尼采的《蘇魯支語錄》第一部第十二章），刊於《解放與改造》第一卷第七號。《誘惑》（波蘭S. Zevomski）以及「前言」「後記」，《萬卡》（契訶夫）和《一個農夫養兩個官》（俄國M. Y. Salttykov）以及「前記」，先後刊於《時事新報・學燈》（十八日、二十四至二十五日、二十七至二十九日）。翻譯《神奴兒》，刊

於《新鄉人》第三期。十七日，譯《〈暮〉後記》。

是年

由於常在《時事新報》的副刊《學燈》上投稿，引起了《時事新報》主編張東蓀的重視。某次張因事離開上海，被請去代理了二三個星期《時事新報》的主筆。

下半年，與夫人孔德沚、弟弟沈澤民和同鄉蕭覺先（當時是中華書局的編輯）、王敏台（李達的內親）等發起組織桐鄉青年社，出版不定期油印刊物《新鄉人》，由茅盾負責編輯，一共出了五、六期。一九二二年春，茅盾又聯絡在嘉興工作的桐鄉人李煥彬、在杭州工作的桐鄉人楊朗垣等，與孔德沚、沈澤民、蕭覺先等一起，齊集嘉興南湖煙雨樓開會，將桐鄉青年社由最初的十多名成員擴大至五十人左右（新入社者中包括金仲華）。同時將《新鄉人》改名爲《新桐鄉》，鉛印，仍由茅盾編輯，並選出理監事七人。該社除出版刊物外，還主辦過演講會。一九二四年自動解散。桐鄉青年社是茅盾參加發起並領導的第一個進步社會團體，它在宣傳新思想（包括馬克思主義和科學、民主、新文學），反對封建思想封建文化方面起過一定的積極作用。

〔重要紀事〕

一月

帝國主義分贓的巴黎和會開幕，對帝國主義在華特權和袁世凱與日本簽訂的二十一條不平等條約等毫不觸動。

五月

《新青年》公開宣傳馬克思主義學說，並發表了李大釗的《我的馬克思主義觀》。

四日，反帝反封建的五四反帝愛國運動爆發，它揭開了中國新民主主義革命的序幕。

六月

上海工人舉行政治大罷工，五四運動進入新階段。上海《民國日報》副刊《覺悟》創刊。

七月

毛澤東主編的《湘江評論》創刊。李大釗等在北京成立少年中國學會，並

創刊《少年中國》月刊。

胡適在《每周評論》著文，主張「多研究些問題，少談些主義」。

九月

周恩來等在天津組織覺悟社，並於次年創刊《覺悟》。

一九二〇年（庚申）二十四歲

年初

陳獨秀到上海。應陳獨秀之約，至法租界環龍路漁陽里二號（陳的住處）與陳獨秀、陳望道、李漢俊、李達商談籌備在上海出版《新青年》問題。

岳母去世，回烏鎮奔喪，住了將近三個星期。

一月

評論《我對於介紹西洋文學的意見》、《表象主義的戲曲》，刊於《時事新報·學燈》（一日、五至七日）。《現在文學家的責任是什麼？》，刊於《東方雜誌》第十七卷第一號。《「小說新潮欄」宣言》、《新舊文學平議之評議》、《俄國近代文學雜譚》和《安得列夫死耗》，同時刊於《小說月報》第十一卷第一號。

《現在文學家的責任是什麼？》、《「小說新潮欄」宣言》、《新舊文學平議之評議》以及稍後發表的《為新文學研究者進一解》、《文學上的古典主義浪漫主義和寫實主義》等，基本上表達了茅盾在還沒有接觸馬克思主義文藝思想以前的文學觀點。這些觀點可以概括為：一、新思潮是新文學的泉源、血液，兩者必須緊密結合；二、通過借鑑和繼承創造新文學，借鑑要先從介紹寫實派、自然派做起，必須「窮本溯源」、繼往開來，反對孤立的「唯新是摹」；三、新文學是進化的文學，包括語體的大眾化，表現、指導人生，為平民這樣三個要素；四、文學不僅要注重藝術形式，還要注重內容，展示未來，應「含有新理想」，將理想「做個骨子」。《現在文學家的責任是什麼？》尤是茅盾早期的一篇重要論文，它提出了革命現實主義最至關緊要的基本思想，即要「使文學成為社會化」，起到「表現人生、宣傳新思想」、「辟邪去偽」的社會作用，以及文學所表現的雖是「一社會一民族的人生」，但描寫時「不得不請出幾個人來做代表」的典型化原則。

雜論《沉船？寶藏？探「寶」潛艇》，刊於《學生雜誌》第七卷第一號。《尼

采的哲學》，刊於《學生雜誌》第七卷第一至四號。後文意在借用尼采攻擊
當時的傳統思想、市儈哲學。十八日，作雜論《評女子參政運動》，後刊於
《解放與改造》第二卷第四號。雜論《婦女解放問題的建設方面》（社論）、
《讀〈少年中國〉婦女號》、《家庭與科學》，同刊於《婦女雜誌》第六卷第
一號。雜論《廣義派政府下的教育》，刊於《解放與改造》第二卷第一號。
《佩服與崇拜》，刊於《時事新報‧學燈》（二十五日）。

翻譯《現在婦女所要求的是什麼？》、《歷史上的婦人》、《小兒心病治療法》
（據八月二十八之倫敦《太晤士教育周刊》譯出）、《世界婦女消息──英
國女子在工業上的情形》（據八月份《太晤士報》工業周刊專錄譯出）和翻
譯《強迫婚姻》（A. Strindberg 作）以及「附記」，同刊於《婦女雜誌》第六
卷第一號。譯編《巴苦寧和無強權主義》（根據羅塞爾的《到自由的幾條擬
徑》中部分章節改寫）以及「附記」，刊於《東方雜誌》第十七卷第一、二
號。翻譯《活屍》（俄國列夫‧托爾斯泰）以及「前言」，刊於《學生雜誌》
第七卷第一至六號。《髑髏》（印度泰戈爾）以及「小記」，刊於《東方雜誌》
第十七卷第二號。四日，譯《歐洲婦女的結合》以及「前記」，後刊於《婦
女雜誌》第六卷第二號。

通信《覆傅東華》，刊於《時事新報‧學燈》（二十五日）。

二月

評論《我們現在可以提倡表象主義的文學麼？》，刊於《小說月報》第十一
卷第二號；《對於系統的經濟的介紹西洋文學底意見》，刊於《時事新報‧
學燈》（四日）。

二日，作雜論《我們該怎樣預備了去譚婦女解放問題》，後刊於《婦女雜誌》
第六卷第三號。雜論《生物界之奇談》、《評〈新婦女〉》和《男女社交公開
問題管見》，同刊於《婦女雜誌》第六卷第二號。《譚天──新發現的星》，
刊於《學生雜誌》第七卷第二號。《世界兩大系的婦人運動和中國的婦人運
動》，刊於《東方雜誌》第十七卷第三號。

翻譯《聖誕節的客人》（瑞典羅格洛孚女士）以及「小記」和《俄國人民及蘇
維埃政府》，同刊於《東方雜誌》第十七卷第三號。翻譯《結婚日的早晨》（奧
地利 A. Schnityler）和《將來的育兒問題》，同刊於《婦女雜誌》第六卷第二
號。二十五日，譯《女子的覺悟》，後刊於《婦女雜誌》第六卷第四號。

三月

評論《近代文學的反流——愛爾蘭的新文學》，刊於《東方雜誌》第十七卷第五、六號。

雜論《關於味覺的新發見》和《腦相學的新說明》，同刊於《學生雜誌》第六卷第三號。

翻譯《沙漏》（愛爾蘭夏脫）以及「前記」刊於《東方雜誌》第十七卷第五號。翻譯《愛情與結婚》以及「譯者識」，刊於《婦女雜誌》第六卷第三號。

四月

評論《答黃君厚生〈讀小說新潮欄宣言的感想〉》，刊於《小說月報》第十一卷第四號。

雜論《人工降雨》，刊於《學生雜誌》第七卷第四號。

翻譯《情敵》（司脫林勃作）以及「前記」，刊於《婦女雜誌》第六卷第四號，編譯《IWW 的研究》（IWW 是世界工業勞動者同盟的簡稱）以及「附誌」，刊於《解放與改造》第二卷第七、八、九號。

通信《致白華》，刊於《時事新報・學燈》（三十日）。

五月

評論《非殺論的文學家》，刊於《時事新報・學燈》（三日）。

雜論《家庭服務與經濟獨立》和《怎樣縮減生活費呢？》，同刊於《學生雜誌》第七卷第五號。

翻譯《安德列夫》以及「附錄」、《未來社會之家庭》，同刊於《東方雜誌》第十七卷第九號。《〈蘭沙勒司〉的附識》，刊於《東方雜誌》第十七卷第十號。

六月

雜論《組織勞動運動團體之我見》，刊於《解放與改造》第二卷第十一號。《怎樣方能使婦女運動有實力》，刊於《婦女雜誌》第六卷第六號。

翻譯《爲母的》（法國巴比塞）以及「前記」，刊於《東方雜誌》第十七卷第十二號。十九日，譯《〈室內〉前記和後記》。

七月

翻譯《巴比塞的小說〈名譽十字架〉》和《巴比塞的小說〈復仇〉》，先後刊

於《解放與改造》第二卷第十三、十四號。

翻譯《兩性間的道德關係》以及「前記」，刊於《婦女雜誌》第六卷第七號。《時間空間的新概念》、《天河與人類的關係》，同刊於《學生雜誌》第七卷第七號。《和平會議》，刊於《東方雜誌》第十七卷第十四號。與沈澤民合譯《理工學生在校記》，刊於《學生雜誌》第七卷第七至十二號、第八卷第二、三號。翻譯《錯》（法國巴比塞），刊於《學藝》第二卷第四號。

春季曾幾次致函沈澤民，勸他不要中途輟學，由海河工程專業改為研究政治，並請母親寫信勸阻，但沈澤民在暑期大考前夕來上海徵得母親同意去日本半工半讀，於本月同張聞天赴日本學習日語，本年底回國。

八月

評論《藝術的人生觀》，刊於《學生雜誌》第七卷第八號。

雜論《評兒童公育》，刊於《解放與改造》第二卷第十五號。《航空救命傘》，刊於《學生雜誌》第七卷第八號。社論《婦女運動的意義和要求》，刊於《婦女雜誌》第六卷第八號。

翻譯《室內》（M. Maeterlinck 作）以及「前記」、「後記」，刊於《學生雜誌》第七卷第八號。《遺帽》（愛爾蘭唐珊南）以及「譯者附註」，刊於《東方雜誌》第十七卷第十六號。

九月

評論《文學上的古典主義浪漫主義和寫實主義》，刊於《學生雜誌》第七卷第九號。《為新文學研究者進一解》，刊於《改造》第三卷第一號。《〈歐美新文學最近之趨勢〉書後》（《歐美新文學最近之趨勢》一文係胡先驌所作），刊於《東方雜誌》第十七卷第十八號。

雜論《猴語研究的現在和將來》，刊於《學生雜誌》第七卷第九號。

翻譯《市虎》（愛爾蘭葛雷古夫人）以及「前記」，刊於《東方雜誌》第十七卷第十七號。《心聲》（美國亞倫坡）以及「前言」，刊於《東方雜誌》第十七卷第十八號。翻譯《婦女運動的造成》，刊於《婦女雜誌》第六卷第九號。《愛倫凱的母性論》以及「譯者附記」，刊於《東方雜誌》第十七卷第十七號。

十月

由李漢俊介紹加入上海共產主義小組。

評論《意大利現代第一文學家鄧南遮》，刊於《東方雜誌》第十七卷第十九號。

編寫童話《飛行鞋》，由商務印書館出版。

翻譯《遊俄之感想》（英國羅素），刊於《新青年》第八卷第二期。《火山——地球上的火山、月球上的火山和實驗室裡的火山》，刊於《學生雜誌》第七卷第十號。《家庭生活與男女社交的自由》以及「譯者記」，刊於《婦女雜誌》第六卷第七號。

十一月

評論《譯書的批評》和《說部、劇本、詩三者的雜談》，先後刊於《時事新報・學燈》（十、十四日）。

雜論《精神主義與科學》，刊於《學生雜誌》第七卷第十一號。

翻譯《羅素論蘇維埃俄羅斯》（美國哈德曼），刊於《新青年》第八卷第三期。

通信《覆 P、R》和《覆黎錦熙》，先後刊於《時事新報・學燈》（七、十二日）。

下旬，應約會晤高夢旦（在座的還有陳慎侯），高提請茅盾主編並改組《小說月報》和《婦女雜誌》，最後茅盾接受前者，謝卻後者。原來張菊生和高夢旦十一月上旬到北京與鄭振鐸等見面時，鄭等要求商務出版一個文學雜誌，由他們主編。張、高不願出版新雜誌，但表示可以改組《小說月報》，於是回上海後即選定茅盾改組《小說月報》。

月底，正當鄭振鐸、王統照、周作人等籌備發起文學研究會之際（十一月二十九日在北京開了籌備會），致函王劍三（即王統照）約稿，不日卻得鄭振鐸覆函，稱他們正擬組織文學研究會，邀茅盾一起參加。茅盾極感鼓舞，即為《小說月報》十二月號（第十一卷第十二號）擬寫了《本月刊特別啟事》五則，第一則著重說明自第十二卷第一號（一九二一年一月）起將完全革新；第五則宣布：「本刊明年起更改體例，文學研究會諸先生允擔任撰著」，然後列了周作人等十五個名字。

十二月

應李達之約，為《共產黨》第二號（十二月七日）翻譯了《共產主義是什

麼意思》、《美國共產黨黨綱》、《共產黨國際聯盟對美國 IWW 的懇請》、《美國共產黨宣言》等四篇文章。

四日，鄭振鐸、葉紹鈞等又在北京萬寶蓋耿濟之住宅開會，正式發起成立文學研究會，十二名發起人中包括沈雁冰。

十六日，陳獨秀應陳炯明之邀，離上海赴廣州辦教育，茅盾與李漢俊等前往送行。

評論《托爾斯泰的文學》，刊於《改造》第三卷第四號

三十一日，作《翻譯文學書的討論──致周作人》，後刊於《小說月報》第十二卷第二號。

〔重要紀事〕

年初

陳獨秀遷居上海，《新青年》也決定移滬出版。

李大釗在成都《星期日》週刊發表《什麼是新文學》一文，指出「我們所要求的新文學，是為社會寫實的文學」，「宏深的思想、學理，堅信的主義，優美的文藝，博愛的精神，就是新文學新運動的土壤、根基。」

八月

上海共產主義小組成立。發起人是陳獨秀、李漢俊、李達、陳望道、沈玄廬和俞秀松。

由陳望道翻譯的《共產黨宣言》第一個中譯本在上海出版。

九月

移滬後的《新青年》第八卷第一期出版。從此成為上海共產主義小組的機關刊物。

秋至翌年上半年

武漢、廣州、北京、濟南、長沙等地陸續成立了共產主義小組，在日本和法國的中國留學生和僑民中也建立了這樣的小組。

十一月

上海共產主義小組在上海出版其第一個秘密發行的黨刊《共產黨》，李達任主編。它專門宣傳介紹共產黨的理論和實踐，以及第三國際，蘇聯和各國工人運動的情況。

十二月

胡適兩次致函《新青年》編輯部同人，要求在刊物上「聲明不談政治」，妄圖改變《新青年》的編輯方針，遭李大釗、魯迅反對。五四新文化運動從此逐漸分成「兩個潮流」：「一部分人繼承了五四運動的科學和民主的精神，並在馬克思主義的基礎上加以改造」，「另一部分人則走到資產階級道路上去，是形式主義向右的發展。」（《毛澤東選集第三卷·反對黨八股》）。

一九二一年（辛酉）二十五歲

一月

正式接任《小說月報》的主編，對《小說月報》實行全面革新。經與高夢旦商定，對已經買下而尚未刊出的「禮拜六派」稿子和林琴南翻譯的小說（約有數十萬字之多）全部不用，編輯方針、稿件取捨等全由主編負責，館方不得干涉。全面改革後的《小說月報》第十二卷第一號以「附錄」形式刊出鄭振鐸於上年十二月中旬寄來的文學研究會的宣言、簡章、發起人名單。據鄭振鐸說，文學研究會的宣言是由周作人起草而經魯迅看過的。一月號所刊登的創作、翻譯、評論等文章的作者幾乎全是文學研究會成員。改革後的《小說月報》第一號印了五千冊，馬上銷完，於是第二號印了七千，到第十二號（一九二一年十二月），印至一萬。第一號出版後，主編《時事新報》副刊《學燈》的李石岑就作文介紹。茅盾寫了答李石岑的信，也登在《學燈》上，表示了文學研究會的抱負，同時也間接地回擊了商務當局中頑固派的阻難。

《〈小說月報〉改革宣言》，評論《文學和人的關係及中國古來對於文學者身份的誤認》和《腦威寫實主義前驅般生》，《〈母〉文末附記》（《母》係葉聖陶的作品），《〈鄰人之愛〉附記》（《鄰人之愛》係沈澤民所譯），《「文藝叢談」二則》，同刊於《小說月報》第十二卷第一號。

《〈小說月報〉改革宣言》提出了文藝要反映「國民性」，要重視介紹西洋文學，尤其是介紹西方的寫實主義，提出開展文藝評論，作爲對創作的指導；強調介紹西洋文學的目的不是「徒事模仿」，而是爲了創造中國的新文藝。《文學和人的關係及古來對於文學者身份的誤認》則明確指出文學的目的是「綜合地表現人生」，要有「時代的特色」。

雜論《家庭改制的研究》，刊於《民鐸》第二卷第四號。

翻譯《新結婚的一對》（腦威般生）（收入一九六○年四月人民文學出版社出版的《比昂遜戲劇集》時改題爲《新婚的一對》），刊於《小說月報》第十二卷第一號。與沈澤民合譯《七個被縊死的人》（俄國安特列夫），刊於《學生雜誌》第八卷第一、四至九號。

二月

通過商務編譯所經管宿舍的福生，在上海寶山路鴻興坊找到了擁有三間正房的住房。接母親和孔德沚到上海居住，在她們抵達時，與福生同到上海戴生昌內河小輪船碼頭迎接。

評論《波蘭近代文學泰斗顯克微支》、《新文學研究者的責任與努力》、《討論創作致鄭振鐸先生信》（節錄），同刊於《小說月報》第十二卷第二號。《近代英美文壇的一個明星——虎爾思》，刊於《學生雜誌》第八卷第二號。《梅特林克評傳》，刊於《東方雜誌》第十八卷第四號。

《記者附白》、《〈名節保全了〉的附識》（《名節保全了》係眞常所譯）、《〈婦人鎖〉的附註》（《婦人鎖》係沈澤民所譯），同刊於《小說月報》第十二卷第二號。

通信《致李石岑》刊於《時事新報·學燈》（三日）。

三月

評論《西班牙寫實文學的代表伊本訥茲》，刊於《小說月報》第十二卷第三號。

雜論《不僅僅是幾個學生的事！》，刊於《民國日報·覺悟》（十三日）。

翻譯《一個英雄的死》（匈牙利拉茲古）以及「附註」，刊於《小說月報》第十二卷第三號。

四月

上旬，通過北京《晨報》副刊主編孫伏園轉給魯迅一信，開始與魯迅直接聯繫。當月，兩人通信六次。

評論《春季創作壇漫評》、《腦威現存的大文豪鮑具爾》、《譯文學書方法的討論》、《文藝叢談（三則）》、《冰心小說〈超人〉的附註》、《彌愛的油畫〈飼〉的附註》（彌愛即法國十九世紀著名畫家米勒）、《〈代替者〉附白》（《代替者》係法國考貝的小說，子緾譯），同刊於《小說月報》第十二卷第四號。

政論《自治運動與社會革命》，刊於《共產黨》第三號。該文批判了當時的

省自治運動者鼓吹的資產階級民主，指出中國的前途只有無產階級革命。

翻譯《人間世歷史之一片》（瑞典史特林褒格）以及「附註」，刊於《小說月報》第十二卷第四號。翻譯《一封公開的信：給〈自由人〉（月刊）記者》刊於《新青年》第八卷第六期。《共產黨的出發點》（Hodgson 作）刊於《共產黨》第三號。

五月

月初，聽說郭沫若到上海，讓鄭振鐸發出請柬，由《時事新報》副刊《青光》的編輯柯一岑事先致意，請郭沫若在半淞園便飯，邀郭沫若參加文學研究會，郭婉詞拒絕。嗣後郭沫若等在東京另立了創造社。

十日，與鄭振鐸共同創辦的文學研究會會刊《文學旬刊》開始附在《時事新報》上出版，出至一七二期後獨立發行，自一九二三年七月三十第八十一期起改為《文學週報》，至一九二九年六月停刊，共發行三七五期。鄭振鐸是一九二一年春於交通部鐵路管理學校畢業後分配到上海西站當見習的，不久擔任《時事新報》副刊《學燈》的編輯，五月間進商務編譯所，積極為《小說月報》拉稿。自鄭振鐸南來，《文學旬刊》創辦後，文學研究會的活動中心從北京轉到了上海，上海實際上成了它的總部。北京則成了分會，在廣州、寧波也有分會。後來正式登記的會員發展到一百七十二名。

中旬，在《文學旬刊》第二期上寫了一則介紹，認為郭沫若的詩篇《女神之再生》是「空谷足音」。

評論《哈姆生和斯劈脫爾──新的諾貝爾文學獎金的兩文豪》和《十九世紀及其後的匈牙利文學》，分別刊於《新青年》第九卷第二、三期。《百年紀念祭的濟慈》，刊於《小說月報》第十二卷第五號。《中國文學不發達的原因》和《致近代法國文學概論作者》，分別刊於《時事新報·文學旬刊》第一期、第二期。《〈民眾戲院的意義和目的〉一文的附註》，刊於《戲劇》第一卷第一期。《文學界消息》兩篇，各刊於《時事新報·文學旬刊》第一、二期。一日，作《〈禁食節〉譯後記》。十日，作《〈印第安墨水畫〉後記》。十一日，作《〈現代的斯干底那維亞文學〉的按語、注、再誌》，後附於《小說月報》第十二卷第六號李達翻譯的《現代的斯干底那維亞文學》。

雜論《勞動節日聯想到的婦女問題》，刊於《民國日報‧覺悟》（一日）。

翻譯《大仇人》（高爾基），刊於《民國日報‧覺悟》（一日）。《西門的爸爸》（法國莫泊三），刊於《新青年》第九卷第一期。翻譯《國家與革命》（弗‧伊‧列寧）第一章（從英文轉譯）和《勞農俄國的教育——勞農俄國教育總長呂納卻思基一席談》，同刊於《共產黨》第四號。

六月

評論《關於戲劇的說明》、《看了中西女塾的「翠鳥」以後》（中西女塾是上海的美國教會辦的一所女校，《翠鳥》是梅特休克的一個劇本）、《涅陀諦空加》，先後刊於《民國日報‧覺悟》（五、十、二十一日）。《比利時的莎士比亞》、《匈牙利彭斯》、《猶太的杜德》、《瑞典的法郎士》，同刊於《民國日報‧覺悟》（二十日）。評論《十九世紀丹麥大文豪約柯柏生》、《語體文歐化的我觀》，《〈審定文學上名辭的提議〉一文的附註》（《審定文學上名辭的提議》係鄭振鐸所作），卷頭語《呼籲？咒詛？》，編後記《最後一頁》，同刊於《小說月報》第十二卷第六號。《致田壽昌信》、《文學界消息》（五則），同刊於《時事新報‧文學旬刊》第四期。《答西諦》、《與矢二的通信》，先後刊於《時事新報‧文學旬刊》第五期、第六期。《文學小辭典》兩則分別刊於《民國日報‧覺悟》（二十、二十一日）。

雜論《俄羅斯研究》，刊於《新青年》第九卷第二期。《精神提不起了》，刊於《民國日報‧蕪湖》第三號。《奧勃洛摩夫主義》、《一封訣別書》，同刊於《民國日報‧覺悟》（十七日）。《我們現在所能做而且必須做的》刊於《民國日報‧覺悟》（三十日）。

夏

應上海九畝地新舞臺的著名演員汪優游（仲賢）之請，為汪辦的劇社取名「民眾戲劇社」，同意作為該社的發起人（其他還有《時事新報》副刊《青光》的主編柯一岑，汪仲賢、陳大悲等），並商定出《戲劇》雜誌，由中華書局發行。這是五四以後第一個專門討論「新戲」運動的月刊。民眾戲劇社的宣言明確提出了戲劇的社會作用。

七月

評論《社會背景與創作》、《創作的前途》，《〈生歟，死歟？〉的附註》（《生歟，死歟？》係美國馬克‧吐溫的小說，一樵譯），《〈猶太文學與賓斯奇》

的〈注一〉、〈注二〉》（該文係日本千葉龜雄作，厂晶譯），編後記《最後一頁》，同刊於《小說月報》第十二卷第七號。評論《文學批評的效力》、《唯美》，先後刊於《民國日報·覺悟》（十一、十三日）。《語體文歐化的討論答凍蘋君》、《語體文歐化的討論》（雁冰、振鐸、劍三等）、《〈田漢致玄珠先生信〉的附註》，同刊於《時事新報·文學旬刊》第七期。

雜論《勞農俄國的電氣化》，刊於《新青年》第九卷第三期。《無抵抗主義與「愛」》、《「人格」雜感》，先後刊於《民國日報·覺悟》（五日、二十四日）。《活動的方向》，刊於《時事新報·學燈》（十一日），《這也有功於世道麼？》（雜談二十七）、《棒與狗聲》（雜談二十八），同刊於《時事新報·文學旬刊》第九期。

翻譯《禁食節》（新猶太潘萊士）以及「譯後記」、《印第安墨水畫》（瑞典蘇特爾褒格）以及「後記」、《阿富汗的戀愛歌》，同刊於《小說月報》第十二卷第七號。

八月

評論《羅曼羅蘭評傳》、《評四五六月的創作》，同刊於《小說月報》第十二卷第八號。《中國舊戲改良我見》，刊於《戲劇》第一卷第四期。

雜論《英國勞工運動史》，刊於《東方雜誌》第十八卷第十五號。《弱點》和《女性的自覺》，同刊於《民國日報·婦女評論》（三日）。《告浙江要求省憲加入三條件的女子》和《青年的誤會與老年的誤會》，同刊於《民國日報·婦女評論》（二十四日）。《穩健》、《婦女經濟獨立討論》和《戀愛與貞操的關係》，先後刊於《民國日報·婦女評論》（十、十七、三十一日）。

翻譯《一隊騎馬的人》（腦威包以爾）以及「譯者記」，刊於《新青年》第九卷第四期。《美尼》（猶太賓斯奇）以及「附記」、《愚笨的裘納》（捷克斯拉夫南羅達）以及「後記」，同刊於《小說月報》第十二卷第八號。譯文《〈婦女要的什麼〉》，刊於《民國日報·婦女評論》（十日）。

《〈德國表現主義的戲曲〉注》（該文由程裕青譯）、《〈紅蛋〉附誌》（《紅蛋》係法國法郎士小說，六珈譯）、《〈兩個乞丐〉的附記》（《兩個乞丐》係劉綱的小說）、《最近的法文學界——覆崧年》、《安那其主義者的聲明——覆上海安那其主義者》、《批評創作——覆張維祺》，編後記《最後一頁》，同刊於《小說月報》第十二卷第八號。二十四日，作《〈海青赫佛〉後記》。

九月

陳獨秀從廣州回上海，定居法租界環龍路漁陽里二號。茅盾所在支部就以陳獨秀家爲開會地點。支部會每週一次，都在晚上，內容大致是討論發展賞員、發展工人運動和加強黨員的馬克思主義學習。同支部的黨員有楊明齋、張國燾、陳望道、邵力子和俞秀松（社會主義青年團書記）等，還有共產國際遠東局代表魏庭康（原名威金斯基）。每週還有一個下午的學習會，由李達、楊明齋講解自編的講義（包括馬克思主義淺說、階級鬥爭和帝國主義三種），大家討論。

編輯《小說月報》第十二卷號外「俄國文學研究」，由商務印書館出版。

評論《近代俄國文學家三十人合傳》，刊於《小說月報》第十二卷號外「俄國文學研究」。

雜論《「男女社交」的贊成與反對》和《男子給了女子的麻藥》，同刊於《民國日報‧婦女評論》（二十一日）。《再論男女社交問題》、《不懂與不要懂》和《不反抗便怎的？》，同刊於《民國日報‧婦女評論》（二十八日）。《「中國式無政府主義」質疑》，刊於《民國日報‧覺悟》（四日）。

翻譯《失去的良心》（俄國薛特林）、《看新娘》（俄國烏斯潘斯基）以及「前記」、《蠢人》（俄國列斯考夫）、《殺人者》（俄國庫普林）、《伏爾加與村人的兒子米苦拉（俄國敘事詩之一）》、《孟羅的農民英雄以利亞和英雄斯維亞多哥爾》（俄國敘事詩之二），《赤俄小說三篇》「前記」，同刊於《小說月報》第十二卷號外「俄國文學研究」。翻譯《海青赫佛》（愛爾蘭葛雷古夫人），刊於《新青年》第九卷第五期。《海裡的一口鐘》（檀曼爾）以及「後記」刊於《民國日報‧覺悟》（四日）。《我尋過——了》（比利時梅德林）以及「附記」刊於《民國日報‧婦女評論》（二十一日）。翻譯《旅行到別一世界》（匈牙利彌克柴斯）以及「譯後記」、《安琪立加》（新希臘藹夫達利阿諦斯）、《冬》（猶太阿胥）以及「譯後記」；《兩封來信的按語和後記》，同刊於《小說月報》第十二卷第九號。

十月

評論《對於〈介紹外國文學的意見〉底我的批評》，刊於《民國日報‧覺悟》（九日）。評論《新猶太文學概觀》、《〈被損害民族的文學號〉引言》、《被損害民族的文學背景的縮圖》，同刊於《小說月報》第十二卷第十號「被損

害民族的文學號」。

雜論《不離婚而戀愛的問題》、《這也是禮教的遺形》和《虛偽的人道主義》，同刊於《民國日報·婦女評論》（五日）。雜論《「全」或「無」》和《侮辱女性的根性》，先後刊於《民國日報·婦女評論》（六、十二日）。雜論《所謂女性主義的兩極端派》和《這是哪一種的覺悟》，同刊於《民國日報·婦女評論》（二十六日）。《笑》，刊於《民國日報·婦女評論》（十二日）。

翻譯《俄國新經濟政策》（蘇聯布哈林）刊於《新青年》第九卷第六期。翻譯《芬蘭的文學》以及「譯後記」，翻譯《貝諾思亥爾思來的人》（新猶太拉比諾維奇）以及「譯後記」，《茄具客》（克羅西亞森陀卡爾斯基）以及《譯後記》、《旅程》（捷克波希迷亞具克）以及注釋、《巴比倫的俘虜》（烏克蘭列薩）以及注釋和《雜譯小民族詩》（包括《與死有關的》、《無題》、《春》、《亡命者之歌》、《獄中感想》、《最大的喜悅》、《夢》、《坑中做的工人》、《今王……》和《無限》等十則，每則後附作者簡介）以及「譯者記」，同刊於《小說月報》第十二卷第十號「被損害民族的文學號」。翻譯《匈牙利國歌》（匈裴都菲）以及「後記」和《傖夫》以及「附記」，同刊於《民國日報·覺悟》（十日）。《夜夜》（檀曼爾）和《淚珠》（芬蘭羅納褒格），分別刊於《民國日報·覺悟》（七日）、《民國日報·婦女評論》（二十六日）。譯詩《莫擾亂了女郎的靈魂》（芬蘭羅納褒格）以及「後記」，《「假如我是個詩人」》（瑞典巴士），先後刊於《民國日報·婦女評論》（十二、二十六日）。

十一月

評論《陀思妥以夫斯基帶了些什麼東西給俄國？》，刊於《文學旬刊》第十九號。《塞爾維亞的情歌》刊於《民國日報·婦女評論》（三十日）。

雜論《兩性互助》和《表示戀愛的方法》，雜論《實行與空話主張》、《弄清楚頭腦》和《一步不走的根本原因》，雜論《專一和博習》和《萬寶全書毒的心理》，分別刊號《民國日報·婦女評論》（二、二十三、三十日）。

通訊《愛倫凱學說的討論》和《文學研究會啓事函》，分別刊於《民國日報·婦女評論》（九日）《學燈》（十四日）。

翻譯《女王瑪勃的面網》（尼加拉瓜達利哇）以及「譯後附識」、《烏克蘭民歌》，分別刊於《小說月報》第十二卷第十一號、《民國日報·婦女評論》（二

日）。翻譯《無聊的人生》（法國）、《佛列息亞底歌唱》以及「附註」，先後刊於《民國日報・覺悟》（四、十一日）。

十二月

在黨創辦的上海第一個培養婦女幹部學校——平民女校（校長是李達）擔任義務教師，教英文，爲期約半年。上英文課的學生有王劍虹、王一知和蔣冰之（丁玲）等六人。

評論《紀念佛羅貝爾的百年生日》、《一年來的感想與明年的計劃》、《「語體文歐化討論」兩封信的按語》、《〈文藝上的自然主義〉附誌》，同刊於《小說月報》第十二卷第十二號。評論《塞爾維亞的情歌》（續）、《享樂主義的青年》，同刊於《民國日報・婦女評論》（十四日）。

與北大教授劉貞晦合撰的《中國文學變遷史》由上海新文化書社出版。此書包括中國、外國兩部分，第一部分題爲《中國文學變遷史略》，劉貞晦作，第二部分題爲《近代文學體系的研究》，沈雁冰作。

冬

陳獨秀居住的漁陽里二號被法捕房查抄，查抄後不能經常用來開會，支部會議就轉移地點，有時在茅盾家舉行。

各省黨組織續建立，中央與各省黨組織之間的聯繫（包括信件、人員來往）日趨頻繁，茅盾因有編輯《小說月報》的掩護，就被黨中央委任爲直屬中央的聯絡員，暫時編入中央工作人員的一個支部。外地給中央的信件都寄茅盾轉，由茅盾每天匯總送中央。外地有人來上海找中央，也先找茅盾。這項工作，一直擔任到一九二五年春。

黨中央派原在杭州的排字工人徐梅坤到商務印書館，找茅盾商量組織上海的印刷工人工會。茅盾熱情地接待了徐，把兩個有較高的文化的技術工人介紹給他，並商定先在工人中發展黨團員，不久，這兩人都入了黨。

是年

女兒沈霞（小名亞男）出生。

介紹沈澤民參加文學研究會；年底或翌年初又介紹沈澤民加入中國共產黨，在寶山路鴻興坊的茅盾家舉行他入黨的支部會議。

在《小說月報》上，除十月號外，都編寫了《海外文壇消息》。

〔重要紀事〕

一月

文學研究會在北京成立，茅盾在上海，未出席。

南京東南大學的學衡派胡先驌、梅光迪、吳宓等創辦《學衡》雜誌，詆毀馬克思主義，反對新文化運動。

三月

上海鴛鴦蝴蝶派出版《紅玫瑰》、《快活》等刊物，圍攻《小說月報》。

七月

中國共產黨於二十三日至三十一日在上海（最後一天移至嘉興南湖）召開第一次全國代表大會。大會通過的黨綱規定，黨的奮鬥目標是推翻資產階級，建立無產階級專政，廢除私有制。

中國勞動組合書記部成立並發表宣言。

郭沫若、郁達夫、成仿吾等在東京正式成立創造社。

高夢旦請胡適到商務印書館代替他自己當編譯所所長，胡適從北京來編譯所了解情況後，決定不幹，卻推薦了他的老師王雲五以自代。

八月

郭沫若詩集《女神》出版。

九月

中共秘密黨刊《共產黨》停刊，只出到第七號（八月）。

十二月

魯迅的《阿Q正傳》開始在《晨報副刊》上分期發表。

是年

我國著名話劇團體上海戲劇協社成立。

一九二二年（壬戌）二十六歲

一月

評論《獨創與因襲》，刊於《時事新報·學燈》（四日）。《陀思妥以夫斯基的思想》、《陀思妥以夫斯基在俄國文學史上的地位》、《關於陀思妥以夫斯基的英文書》、《語體文歐化問題——覆梁繩褘、趙若耶》和《英文譯的俄

文學書——覆朱湘、陳靜觀》，同刊於《小說月報》第十三卷第一號。《介紹〈民鐸〉的柏格森號》，刊於《民國日報·覺悟》（十七日）。

雜論《女子現今的地位怎樣》，刊於《民國日報·婦女評論》（十一日）。雜論《兩個所謂疑問》和《怎樣才算是「有意義的」？》，先後刊於《民國日報·覺悟》（十八、二十日）。文學小辭典《黃金律》、《十字架》和《三一律》，先後刊於《民國日報·覺悟》（十二、十六、十七日）。

翻譯《祈禱者》和《少婦的夢》（此兩篇作者均為阿美尼亞西曼佗）以及「譯後記」（西曼佗簡介），《拉比阿契巴的誘惑》（猶太賓斯奇）以及「譯後記」，《永久》、《季候鳥》和《辭別我的七弦琴》（此三篇的作者均為瑞典泰伊納）以及「譯後記」，《〈世界的火災〉附記》和編後記《最後一頁》，同刊於《小說月報》第十三卷第一號。翻譯《兩部曲》（《神聖的前夕》和《在教堂裡》）（烏克蘭繁特科微支），刊於《詩》第一卷第一期。翻譯《讓我們做和平的兄弟》（羅馬尼亞瑪利亞王后），刊於《民國日報·婦女評論》（一日）。

二月

評論《評梅光迪之所評》，刊於《時事新報·文學旬刊》第二十九期。《文學作品有主義與無主義的討論——覆周贊襄》，《對〈沉淪〉和〈阿Q正傳〉的討論——覆譚國棠》，《語體文歐化問題——覆呂冕昭》，覆菔蕶信，同刊於《小說月報》第十三卷第二號。《評梅光迪之所評》針對學衡派梅光迪的反對文學進化論的長文《評提倡新文化者》，進行了批駁。在《對〈沉淪〉和〈阿Q正傳〉的討論——覆譚國棠》中對〈阿Q正傳〉作了最早的評價。

雜論《對於「女子地位」辯論底雜感》，刊於《民國日報·婦女評論》（十五日）。

譯詩《東方的夢》、《什麼東西的眼淚》和《在上帝的手裡》（此三篇的作者均為葡萄牙特·琨台爾）以及「譯後附註」，譯詩《浴的孩子》和《你的憂悒是你自己的》（此兩篇作者均為瑞典廖特倍格）以及「譯後記」，《〈樹林中的聖誕夜〉附誌》，《〈天鵝梭魚與螃蟹〉和〈箱子〉的附註》，編後記《最後一頁》，同刊於《小說月報》第十三卷第二號。

三月

評論《近代文明與近代文學》和《駁反對白話者》，先後刊於《時事新報·

文學旬刊》第三十、三十一期。《「惠特曼考據」的最近》，刊於《時事新報‧學燈》（二十九日）。

雜論《解放與戀愛》，刊於《民國日報‧婦女評論》（二十九日）。《雜評》，刊於《民國日報‧婦女評論》（二十九日、四月五日）。

翻譯《旅行人》和《烏鴉》（兩篇作者均為愛爾蘭葛雷古夫人），先後刊於《民國日報‧婦女評論》（一、八日、二十九日）。翻譯《羅本舅舅》（瑞典革拉勒夫），刊於《教育雜誌》第十四卷第三號。

《為什麼中國今日沒有好小說出現？——覆汪敬熙》、《語體文歐化的討論——覆黃祖訢》、《小說月報的名稱——覆姚天演》、《「反動力怎樣幫忙？」——覆管毅甫、馮蘊平》、《〈古埃及的傳說〉附註》（簡介波蘭的普洛士），編後記《最後一頁》，同刊於《小說月報》第十三卷第三號。

四月

評論《一般的傾向》和《答錢鵝湖君》，同刊於《時事新報‧文學旬刊》第三十三期；《語體文歐化問題和文學主義問題的討論——覆徐秋沖、王晉鑫、王強男》和《包以爾的人生觀》，同刊於《小說月報》第十三卷第四號。

雜論《離婚與道德問題》和《戀愛與貞潔》，分別刊於《婦女雜誌》第八卷第四號、《民國日報‧婦女評論》（五日）。《致張聞天（非宗教聲中的信）》，刊於《民國日報‧覺悟》（七日）。

翻譯《卡利奧森在天上》（腦威包以爾）以及「譯者留言」，編後記《最後一頁》，同刊於《小說月報》第十三卷第四號。

翻譯《烏鴉》（愛爾蘭葛雷古夫人），刊於《民國日報‧婦女評論》（五、十二、十九日）。

五月

一日，與徐梅坤、董亦湘（商務印書館編譯所編輯，黨員）在上海北四川路尚賢堂對面空地上，召開紀念「五一」勞動節的群眾大會。大會由徐梅坤主持，宣布開會宗旨後，由茅盾上臺講「五一」勞動節的由來及意義。與會群眾約三百餘人，大部分是商務印刷工人，小部分是中學生和往來行人。才開口講，租界的巡捕就來干涉，紀念會被衝散。

四日，在交通大學上海學校學生會五四紀念講演會上講《五四運動與青年們底思想》，刊於《民國日報‧覺悟》（十一日）。

評論《自然主義的論戰——覆周贊襄》和《自然主義的論戰——覆史子芬》，同刊於《小說月報》第十三卷第五號；《雜談一則——文學與常識》，刊於《時事新報·文學旬刊》第三十六期。

評論《〈創造〉給我的印象》，連刊於《時事新報·文學旬刊》第三十七至三十九期（十一、二十一日、六月一日）。該文以「損」的筆名針對五月一日出版的《創造季刊》創刊號上郁達夫的《藝文私見》和郭沫若的《海外歸鴻》批評文學研究會壓制「天才」和「黨同伐異」，進行反駁，強調天才「不要掛在嘴上」，要通過創作好的作品體現出來。這招致郭沫若又寫了《論國內的評壇及我對於創作上的態度》一文，發表在八月四日《學燈》上，表示反對寫文章用化名，強調「眞正的藝術品當然是由於純萃的主觀產出。」

雜論《「生育節制」底正價》和《學術界生活獨立問題》，分別刊於《民國日報·婦女評論》（十日）、《教育雜誌》第十四卷第五號。

譯詩《英雄包爾》（匈牙利亞拉奈）以及「譯後記」（評介作者），刊於《小說月報》第十三卷第五號。譯文《生育節制底過去、現在和將來》（桑格夫人），刊於《民國日報·婦女評論》（三、十、二十四日）。

編後記《最後一頁》，刊於《小說月報》第十卷第五號。

六月

評介《霍普德曼傳》、《霍普德曼的自然主義作品》、《霍普德曼的象徵主義作品》，翻譯《霍普德曼與尼采哲學》，評論《自然主義的懷疑與解答——覆周志伊》、《自然主義的懷疑與解答——覆呂芾南》、《〈自然主義的懷疑與解答——覆王鍇鳴〉附誌》，《譯名統一與整理舊籍——覆陳德徵》，《批評創作的三封信——覆黃紹衡、陳友荀、許美塤等》，編後記《最後一頁》，同刊於《小說月報》第十三卷第六號。評論《讀〈小說月報〉第十三卷第六號》和《雜談一則》，同刊於《時事新報·文學旬刊》第四十期。

雜論《歧路》，刊於《民國日報·婦女評論》（二十八日）。

翻譯《烏鴉》（續）（愛爾蘭葛雷古夫人），刊於《民國日報·婦女評論》（七日）。

七月

評論《自然主義與中國現代小說》，刊於《小說月報》第十三卷第七號。

《最近的出產——〈戲劇〉第四號》，刊於《時事新報·文學旬刊》第四

十二期。《評〈小說匯刊〉》和《雜談》，同刊於《時事新報‧文學旬刊》
第四十三期。

《自然主義與中國現代小說》是針對一年來鴛鴦蝴蝶派攻擊茅盾和《小說
月報》所作的公開答辯和正面批判。該文指出，這派對小市民「有廣泛影
響」，是當前新文化運動的「最大障礙」，非先「鏟除」不可；同時強調新
文學要「提倡自然主義」（意即指寫實主義──筆者）。商務印書館編譯所
的新任所長王雲五（一九二二年一月就任）等保守派藉口《自然主義與中
國現代小說》點到了鴛鴦蝴蝶派的《禮拜六》雜誌，對茅盾施加壓力，稱
《禮拜六》將提出訴訟，告《小說月報》破壞它的名譽，要茅盾再在《小
說月報》上寫一短文，向《禮拜六》表示道歉，被茅盾斷然拒絕。茅盾表
示要把事情經過，包括商務態度，公開發表在《新青年》以及北京、上海
等幾大副刊上。王雲五等又改變手法，對《小說月報》發排的稿子實行檢
查。茅盾發覺後，正式向王雲五提出抗議，表示館方不取消內部檢查，即
辭職。商務當局經研究決定讓茅盾編完第十三卷第十二號後，從一九二三
年一月起卸去《小說月報》主編職務，由鄭振鐸接替，但又堅決挽留他在
編譯所工作。當時茅盾實在不想再在商務工作，陳獨秀知道此事後，勸他
仍留商務，因若離開，中央要另找聯絡員，暫無合適人選。

茅盾又向館方提出，在他仍任主編的《小說月報》第十三卷內任何一期的
內容，館方不能干涉，不能用「內部審查」的方式抽去或刪改任何一篇。
王雲五不得已表示同意。

雜論《「我所見」與「我所憂」》，刊於《民國日報‧婦女評論》（十九日）。

譯獨幕劇《盛筵》（匈牙利莫爾奈），以及「譯者附記」（主要是評介作者），
刊於《小說月報》第十三卷第七號。

《文藝界小新聞》（五則），刊於《時事新報‧文學旬刊》第四十四期。

覆汪敬熙、萬良濬等通信七則和編後記《最後一頁》，同刊於《小說月報》
第十三卷第七號。覆萬良濬，主要論及翻譯問題，茅盾認為，譯什麼時代
的名著，「應該審度事勢」，「分個緩急」，翻譯《浮士德》等書「不是現在
切要的事」。對此，郭沫若在《時事新報‧學燈》（二十七日）發表了《論
文學的研究與介紹》一文，強調翻譯文學作品不必按時代分先後，什麼時
代的作品「通有可以介紹的價值」。

三十、三十一日，與鄭振鐸到寧波參加四明暑期教育講習會（對象主要是小學教員）的講演，八月一日返滬。茅盾的講題是《文學上各種新派興起的原因》，刊於寧波《時事公報》（八月十二至十六日）。茅盾並在講習會七月三十一日下午舉行的歡送會上講了話，談到「吾浙各小學教員，當速組織一全浙小學教員聯合會，俾便討論教務，改革政局也。」（見《時事公報》一九二二年八月一日）

夏

到江蘇松江縣侯紹裘辦的私立景賢女子中學講演，題為《文學與人生》，介紹了法國泰納的學說。後收入松江暑期演講會《學術演講錄》第一期（一九二三年出版）。

八月

社評三篇——《青年的疲倦》、《「文學批評」管見一》和《直譯與死譯》，同刊於《小說月報》第十三卷第八號。評論《介紹外國文學作品的目的——兼答郭沫若君》，刊於《時事新報·文學旬刊》第四十五期，對郭沫若七月寫的《論文學的研究與介紹》作了答覆，強調當前社會裡，「最大的急務是改造人們使他們像個人」，對當時社會裡充滿了不像人樣的人，作家不能「裝作不見」，「夢想他理想中的幻美」。

散文《一個女校給我的印象》，刊於《民國日報·婦女評論》（十六日）。雜論《「個人自由」底解釋》，刊於《民國日報·覺悟》（二十九日）。

翻譯《新德國文學》以及「譯後記」，翻譯獨幕劇《路意斯》（荷蘭斯賓霍夫）以及「譯後記」，同刊於《小說月報》第十三卷第八號。

短論《純文藝定期出版物與民眾》，《怎樣提高民眾的文學鑑賞力？——覆張侃、王砥之、王桂榮》，《對於本刊的名稱與體例的討論——覆谷新農等四人》，《創作質疑——覆禹平等二人》和編後記《最後一頁》，同刊於《小說月報》第十三卷第八號。

《致林取先生》刊於《時事新報·文學旬刊》第四十七期。

九月

社評三篇——《文學與政治社會》、《自由創作與尊重個性》和《主義……》，同刊於《小說月報》第十三卷第九號。評論《「平斤」Ｖ·Ｓ·「八兩」》和《致郭沫若》，同刊於《時事新報·文學旬刊》第四十八期。評論《「曹拉

主義」的危險性》，刊於《時事新報‧文學旬刊》第五十期。

翻譯《卻綺》（亞美尼亞阿哈洛坦）以及「譯後記」、翻譯獨幕劇《波蘭
——一九一九年》（猶太賓斯奇）以及「譯後附註」，同刊於《小說月報》
第十三卷第九號。

覆邵立人等通信三則和編後記《最後一頁》，同刊於《小說月報》第十三卷
第九號。《答茀甘先生》，刊於《時事新報‧文學旬刊》第四十九期。

十月

評論《未來派文學之現勢》和《現代捷克文學概略》，同刊於《小說月報》
第十三卷第十號。《「文學批評」雜說》和《雜談三則》，同刊於《時事新報‧
文學旬刊》第五十一期。《翻譯問題——譯詩的一些意見》和《偶然記下來
的》，同刊於《時事新報‧文學旬刊》第五十二期。《雜談二則》，刊於《時
事新報‧文學旬刊》第五十三期。

《英國戲曲家漢更》（《常戀》附註），刊於《小說月報》第十三卷第十號。

覆朱畏軒等通信六則和編後記《最後一頁》，同刊於《小說月報》第十三卷
第十號。

十一月

社評三篇——《文學家的環境》、《真有代表舊文化舊文藝的作品麼？》和
《反動？》，同刊於《小說月報》第十三卷第十一號。後兩文從正面抨擊了
禮拜六派，可以說是在辭去《小說月報》主編以前對王雲五及商務當權者
中的頑固派的一份最後「禮物」。

評論《「寫實小說之流弊」？》，刊於《時事新報‧文學旬刊》第五十四期。
《介紹西洋文學思潮底重要》，刊於《民國日報‧覺悟》（十九日）。前者針
對學衡派的吳宓（南京東南大學教授）反對白話文和新文學中的寫實主義
而作，駁斥了吳宓把歐洲的寫實小說與中國的黑幕派小說和禮拜六派小說
相混同的錯誤論調。

翻譯《獄門》（愛爾蘭葛雷古夫人）以及「後記」，刊於《民國日報‧婦女
評論》（一、八日）。翻譯獨幕劇《爸爸和媽媽》（智利巴僚斯）以及「譯後
記」；翻譯《歐戰給與匈牙利文學的影響》以及「譯者附註」，《腦威現代文
學》以及「譯後記」和《赤俄的詩壇》以及「譯後記」，同刊於《小說月報》
第十三卷第十一號。

《「創作批評」欄前言》，覆陳介侯等通信十二則和編後記《最後一頁》，同刊於《小說月報》第十三卷第十一號。

《〈「中國文學史研究會」底提議〉的按語》和《致汪馥泉》，同刊於《時事新報・文學旬刊》第五十五期。

《啓事》（與謝六逸、鄭振鐸合署），刊於《時事新報・文學旬刊》第五十六期。

十二月

評論《今年紀念的幾個文學家》和《歐戰與意大利文學》，同刊於《小說月報》第十三卷第十二號。《樂觀的文學》和《文學的力》，同刊於《時事新報・文學旬刊》第五十七期。

翻譯《新德國文學的新傾向》以及「前記」，《巴西文壇最近的新趨勢》以及「譯後記」，同刊於《小說月報》第十三卷第十二號。

是年

在《小說月報》每期上繼續編寫《海外文壇消息》。

〔重要紀事〕

五月

第一次全國勞動大會和中國社會主義青年團第一次全國代表大會先後在廣州召開。

創造社在上海創辦其第一種文藝刊物《創造季刊》，郁達夫主編，至一九二四年二月停刊，共出六期。

胡適等創辦《努力週報》，九月又出增刊《讀書雜誌》。以後他們便利用這些陣地經常鼓吹「整理國故」、「埋頭讀書」，引誘青年脫離現實鬥爭。

七月

中國共產黨在上海召開第二次全國代表大會，大會正確地分析了中國社會的性質，在中國近代歷史上第一次明確地提出了徹底地反帝反封建的民主革命綱領。

九月

中共機關報《嚮導》週報創刊，蔡和森主編，秘密發行。

瞿秋白的《俄鄉紀程》由商務印書館刊行。一九二四年六月又出版了《赤

都心史》。這是我國最早記敘蘇聯初期的政治和社會生活的作品。

以周瘦鵑、王鈍根爲代表的禮拜六派將一九一六年停刊的《禮拜六》復刊。

是年

香港海員、安源路礦工人、長沙泥木工人、開灤煤礦工人、水口山鉛鋅礦工人連續發動多次罷工鬥爭。

一九二三年（癸亥）二十七歲

一月

辭去《小說月報》主編職務。從第十四卷第一號起，改由鄭振鐸擔任《小說月報》主編。

仍留商務印書館編譯所，是年的具體工作自己選定，包括（一）標點校注林琴南譯的《薩克遜劫後英雄略》（英國歷史小說家司各特著，原名《艾凡赫》）和伍光建譯的《俠隱記》、《續俠隱記》（法國歷史小說家大仲馬所作《三個火槍手》、《二十年以後》兩書的中譯名），並加詳細的評傳。（二）給「國學小叢書」編選《莊子》、《楚辭》、《淮南子》，標記加注，每書寫一篇緒言，總結前人對這些書的研究成果。用半年時間寫《司各特評傳》，動筆前閱讀了司各特的全部作品和有關司各特的許多資料。並作《司各特重要著作解題》（對二十五部敘事長詩和歷史小說所寫的詳細的內容提要）、《司各特著作編年錄》、《司各特著作的版本》，附錄於後。下半年開始寫《大仲馬評傳》，當時因忙於政治活動，沒有充裕時間博覽群書，僅看了大仲馬的《回憶錄》等少數著作，也沒有作任何附錄。

標點，校注的《撒克遜劫後英雄略》（林紓、魏易譯述）一九二四七月由商務印書館出版，書內附《司各德譯傳》、《司各特重要著作題解》和《司各特著作年錄》（署名沈德鴻）。

標點、校注的《俠隱記》（伍光建譯）一九二五年三月由商務印書館出版，書前收入《大仲馬評傳》（署名沈雁冰）。標點、校注的《續俠隱記》（伍光建譯）一九二六年由商務印書館出版（署名沈雁冰）。

標記加注的《莊子》（選注）一九二六年一月由商務印書館出版，內附校注者的《莊子》（選注）「緒言」（署名沈德鴻）。標記加注的《淮南子》（選注）一九二六年三月由商務印書館出版，內附校注者的《淮南子》（選注）「緒

言」（署名沈雁冰）。

評論《匈牙利愛國詩人裴都菲的百年紀念》和《心理上的障礙》，同刊於《小說月報》第十四卷第一號。《我的說明》，刊於《時事新報·學燈》（十五日）。

雜論《聞韓女士噩耗後的感想》，刊於《時事新報·婦女評論》（二十四日）；《婦女教育運動概略》，刊於《婦女雜誌》第九卷第一號。

翻譯《十二個月》（捷克神話），收入商務印書館出版的童話集《鳥獸賽球》（鄭振鐸編）；《私奔》（匈牙利裴都菲）以及「後記」、《皇帝的衣服》（匈牙利密克柴斯），先後刊於《小說世界》週刊第一卷第一、三期。

二月

評論《倍那文德的作風》、《標準譯名問題》和《歐美主要文學雜誌介紹》，同刊於《小說月報》第十四卷第二號。評論《對於文藝上新說應取的態度》和《雜譚》（一則），先後刊於《時事新報·文學旬刊》第六十三、六十五期。

雜論《「母親學校」底建設》，刊於《民國日報·婦女評論》（七日）。

翻譯《太子旅行》（西班牙倍那文德），刊於《小說月報》第十四卷第二號；《他來了麼》（保加利亞跋佐夫），刊於《婦女雜誌》第九卷第二號。

十四日，作《〈最後一擲〉後記》，後刊於《小說月報》第十四卷第五號。

春

到黨辦的上海大學（校長于右任，總務長鄧中夏，教務長瞿秋白。全校共設社會學系、中國文學系、英國文學系和俄國文學系四個系）中國文學系教小說研究，在英國文學系教希臘神話，歷時約一年。應鄧中夏要求，曾請商務編譯所「英文函授學校」主任周越然擔任「上大」英國文學系主任，周允諾。

四月

雜論《關於浙江女師風潮的一席談話》、《替楊朗垣抱不平》和《讀〈關於鄭振塤君婚姻史的批評〉以後》，先後刊於《民國日報·婦女評論》（十一、十八、二十五日）。

翻譯《南斯拉夫的近代文學》和《奧國的現代文學》，同刊於《小說月報》第十四卷第四號。

五月

評論《西班牙現代小說家巴落伽》，刊於《小說月報》第十四卷第五號；《「各國文學史」》，刊於《時事新報‧文學旬刊》第七十四期。《自動文藝刊物的需要》、《雜譚》（一則）和《雜感》分別刊於《時事新報‧文學旬刊》第七十二、七十三、七十四期。

雜論《補救成年失學婦女的教育方法與材料》和《評鄭振塤君所主張的「逃婚」》，先後刊於《時事新報‧婦女評論》（九、十六日）。

翻譯《最後一擲》（巴西阿賽凡度）和《南斯拉夫民間戀歌四首》（《離別》、《新妹麗花》、《織女》、《幽會》），分別刊於《小說月報》第十四卷第五號、《詩》第二卷第二期。

翻譯《現代的希伯萊詩》，刊於《小說月報》第十四卷第五號。

六月

雜論《婦女自立希望的好消息》，刊於《婦女雜誌》第九卷第六號。《雜感》（三則）和《雜感》（二則），先後刊於《時事新報‧文學旬刊》第七十五、七十六期。

評論《〈華倫夫人之職業〉》，刊於《時事新報‧文學旬刊》第七十七期。

翻譯《阿拉伯的小品文字》以及《後記》，刊於《努力週報》第五十七期（十七日）。

翻譯《葡萄牙的近代文學》，刊於《小說月報》第十四卷第六號。

七月

八日，按中央通知，召開上海全體黨員大會，由出席中共第三次全國代表大會的代表報告三大通過的各項重要決議（包括決定國共合作，各地黨員以個人身份參加國民黨，成立上海地方兼區執行委員會），會上被選為上海地方兼區執行委員會五名執委之一（另四名是徐梅坤、鄧中夏、甄南山、王振一）。次日，新選出的上海地方兼區執行委員會開會討論分工，被確定任國民運動委員（委員長為鄧中夏，秘書兼會計為徐梅坤）。上海黨員分四個組，茅盾屬於董亦湘為組長的第二組（商務印書館）。還被指派為這次會議決定設立的國民運動委員會委員長，該機構的任務是做統一戰線工作，與國民黨員合作，發動社會進步力量參加革命工作等，當前任務是限期使上海全體黨員加入國民黨。委員為林伯渠、張太雷、張國燾、楊賢江、董

亦湘等八人。

執行委員會大約一週開一次會，遇有要事研究就天天開會。茅盾由於擔任上述黨內職務，並有其他的會議和活動，「所以過去是白天搞文學（指在商務編譯所辦事——筆者），晚上搞政治，現在卻連白天都要搞政治了。」（茅盾：《我走過的道路‧文學與政治的交錯》）

《雜感》，刊於《時事新報‧文學旬刊》第七十九期。《研究近代劇的一個簡略書目》，刊於《時事新報‧文學旬刊》第八十一期。

夏

應侯紹裘（共產黨員，其時任松江縣私立景賢女子中學的校長，在上海大學辦附屬中學時，他是附中的主任）之邀，第二次參加松江暑期講演會的講演，講題是《什麼是文學——我對於現文壇的感想》，後刊於八月出版的松江暑期演講會《學術演講錄》第二期。由於聽這次講演的，除了中學生外，也有中學教師、小學教師，而且還有來看熱鬧的所謂「名士」，針對這種情況，講演的中心問題是「『假名士』與『真名士』同樣是對社會無益而且有害的。」指出：「文學並非職業，商人工人都可以寫文學作品。」（茅盾：《我走過的道路‧文學與政治的交錯》）

桐鄉青年社假桐鄉縣城崇實小學舉辦桐鄉縣小學教師暑期演講會，與沈澤民、李煥彬、楊朗垣、曹辛漢等參加講演。茅盾講了文學方面的問題，沈澤民的講題是《近代思想》。茅盾在桐鄉縣城講完後又到屠甸鎮的崇道小學和烏鎮的母校植材小學講演。在植材小學講的是有關發展桐鄉縣的教育事業和關心兒童身心健康的問題。

那幾年類似的講演會還參加過不少，講演的內容不僅有文學，也包括時事、國民運動、婦女解放，甚至外交政策，但除在松江的兩次講演稿保存下來外，其他都已散失。

八月

五日，上海地方兼區執行委員會舉行第六次會議，中央委員毛澤東代表中央出席指導。茅盾第一次見到毛澤東。這次會議討論了四個問題，並作出決議。根據決議，勞委會（黨內的組織）和勞動組合書記部（公開的工人運動組織）合併為一個機構，統一負責上海的工人運動，茅盾以國民運動委員會負責人的身分加入該機構。

上海共產黨小組發起人之一，在黨內擔任過重要職務的沈玄廬在家鄉蕭山縣給陳獨秀寫了一封退黨信，這封退黨信邵力子，邵讓茅盾轉給了黨中央。黨組織又決定派茅盾做準備退黨的陳望道、邵力子和沈玄廬的工作，設法挽留。結果，僅邵力子同意，其他兩人都先後退了黨。

評論《兩個西班牙文人》，刊於《文學週報》第八十五期。

《研究近代劇的一個簡略書目（續）》，刊於《文學週報》第八十二期。《幾個消息》（外國文壇消息），刊於《文學週報》第八十四期。

九月

月初，中共上海地區兼區執行委員會進行改組，補選三名執委，一名候補執委。選舉結果，王荷波、徐白民（主持上海書店）、顧作之為正式執委，瞿秋白、向警予、林蒸為候補執委。新執委會第一次會議決定委員長為王荷波，茅盾為秘書兼會計。國民運動改由徐白民、顧作之負責，勞動運動由王荷波（兼）、徐梅坤負責。

月底，執委會根據中央指示，改組了國民運動委員會，統一管理工人、農民、商人、學生、婦女各方面的運動，由十八人組成。惲代英和楊賢江負責學生工作。茅盾第一次會見惲代英。茅盾因常在《婦女評論》上撰寫有關婦女解放的文章，所以被指定與向警予專管婦女工作。這一屆執委會還決定十一月七日組織一次慶祝十月革命五週年的紀念活動。

《社評》兩篇，先後刊於《民國日報‧婦女週報》（五、十二日）。

與鄭振鋒選譯太戈爾的《歧路》，刊於《小說月報》第十四卷第九號；翻譯《聖的愚者》（阿拉伯紀伯倫）、《烏克蘭的結婚歌》和《阿拉伯 K. Gibran 的小品文字》，先後刊於《文學週報》第八十六、八十八、八十九期。

《通訊》，刊於《文學週報》第八十九期。

十月

評論《讀〈吶喊〉》，刊於《文學週報》第九十一期和《時事新報‧學燈》（十六日）。

《雜感》（四則）和《答谷鳳田》，先後刊於《文學週報》第九十、九十三期。

《通訊》，刊於《文學週報》第九十期，《致鳴濤先生》、《致朱立人先生》，同刊於《小說月報》第十四卷第十號。

十一月

《〈灰色馬〉序》，刊於《文學週報》第九十五期，又以《鄭譯〈灰色馬〉序》爲題刊於《時事新報・學燈》（五日）。

《社評》一篇，刊於《民國日報・婦女週報》（十四日）。

翻譯《俄國文學與革命》，刊於《文學週報》第九十六期。翻譯《巨敵》（蘇聯高爾諰）刊於《中國青年》第四期。

《文學與人生》、《未來派文學之現勢》、《陀思妥以夫斯基》和《霍普德曼之自然主義作品》，被收入侃工編的《新文藝評論集》，由上海民智書局出版。

十二月

評論《「大轉變時期」何時來呢？》，刊於《文學週報》第一〇三期。強調「文學能夠擔當喚醒民眾而給他們力量的重大責任」，表示了對鄧中夏、惲代英等發表在《中國青年》上的「革命文學」主張的支持，再一次抨擊了脫離現實的「爲藝術而藝術」的唯美主義文藝觀。

《雜感》兩則和《雜感——讀代英的〈八股〉》，先後刊於《文學週報》第九十九、一〇〇、一〇一期。

是年

繼續爲《小說月報》撰寫「海外文壇消息」，除八月中斷外，其他各期都有。

爲《中國青年》譯了高爾基的作品《巨敵》和《大仇人》。

開始忙於政治活動，所有文章「都是晚上寫的，是在政治、社會活動的間隙抽空寫的。」（茅盾：《我走過的道路・文學與政治的交錯》）

兒子沈霜（小名阿桑）出生。

〔重要紀事〕

一月

蘇維埃社會主義共和國聯盟正式成立。

共產國際作出中國共產黨和孫中山領導的中國國民黨合作的決議。

商務印書館出《小說世界》月刊，作爲鴛鴦蝴蝶派陣地，與新文學運動對壘。

二月

　　七日，吳佩孚屠殺京漢鐵路工人，造成「二・七」慘案。

三月

　　全國各地人民舉行反日集會遊行，要求取消「二十一條」並收回旅順大連租借地。

五月

　　從本月至一九二四年五月間，創造社編輯出版了《創造週報》；從七月起又在上海《中華新報》上創辦了《創造日》文學副刊，至十一月停刊，共出了一百期。

六月

　　中國共產黨在廣州召開第三次全國代表大會，確定了和國民黨建立統一戰線的方針。

　　《新青年》改為季刊。黨的兩個機關報刊，作了以下分工：《新青年》季刊為宣傳馬克思主義的理論刊物，而《嚮導》週報則指導現階段革命的行動方針。在《新青年》上第一次發表了瞿秋白親自譯配的《國際歌》，同時開始刊登我國最早的一批工農革命歌曲。

十月

　　中國社會主義青年團機關刊物《中國青年》週刊在上海創刊，由惲代英、鄧中夏等主辦。該刊從第五期起接連發表文章——包括第七期鄧中夏的《新詩人的棒喝》和第八期惲代英的《八股》，批評文壇上的脫離現實的頹廢傾向和感傷主義，呼籲作家參加革命鬥爭，創作革命文學。

年底

　　李大釗到廣州幫助孫中山進行國民黨的改組和國民黨一大的籌備工作。

是年

　　胡適、徐志摩等成立新月社。

一九二四年（甲子）二十八歲

一月

　　十三日，中共上海地方兼區執行委員會召開上海黨員大會，改選出第二屆

上海地方兼區執委會，茅盾與沈澤民、施存統、徐白民、向警予五人被選為執行委員。執委會選出施存統為委員長，茅盾仍任秘書兼會計。第二屆上海地方兼區執委會此時下轄黨員共五十人，分四個小組。此屆執委會除處理日常事務外，還進行過下列活動：一、為紀念京漢鐵路「二‧七」大罷工作了準備。二、舉行列寧追悼會，後因國民黨決定發起，就取消原議而在《民國日報》出一特刊，由執委會供稿，並出版紀念冊。三、決定加入黃炎培派的上（海）寶（山）平民教育促進會，為此在執委會內設立了平民教育委員會。四、印製用於陰曆春節的傳單。

與鄭振鐸合寫評論《現代世界文學者略傳（一）》，刊於《小說月報》第十五卷第一號，評介了法國的法朗士、拉夫丹、白利歐、伯桑、克羅丹爾、波兒席、萊尼藹、雪里芳、梅里爾、福爾、戛姆、巴蘭等十二名作家。

《雜感——美不美》，刊於《文學週報》第一〇五期。雜論《給未識面的女青年》，刊於《時事新報‧婦女週報》（一日）。《青年與戀愛》，刊於《學生雜誌》第十一卷第一號。

二月

與鄭振鐸合寫評論《現代世界文學者略傳》（二），刊於《小說月報》第十五卷第二號，介紹了羅曼‧羅蘭、巴比塞、杜哈默爾、魯意斯、梅脫靈、瑪倫等六名作家。

《莫泊三逸事》，刊於《小說月報》第十五卷第二號。

雜論《雜感——談古文》，刊於《文學週報》第一〇九期。

翻譯《南美的婦女運動》（美國甲德夫人），刊於《婦女雜誌》第十二卷第二號。

三月

與鄭振鐸合寫的評論《現代世界文學者略傳》（三），刊於《小說月報》第十五卷第三號，介紹了猶太賓斯奇、海雪屏、考白林、阿胥，匈牙利的莫爾奈、梅爾齊格等六名作家。

二十六日，因被邵力子請去編《民國日報》副刊《社會寫真》（後改名《杭育》），加上其他事多，向上海地方兼區執委會提出辭職，獲通過。

雜論《參觀日艦的感想》、《有害的發展》和《討論婚姻問題的妙文》，先後刊於《民國日報‧社會寫真》（二十八、二十九、三十一日）。

四月

月初，接編《社會寫眞》，至八月底離開。在此期間，幾乎每天寫一篇短小雜文，內容都與抨擊劣政、針砭時弊有關。

編輯《小說月報》第十五卷第四號號外《法國文學研究》，並在上面發表《佛羅貝爾》和與鄭振鐸合寫的《法國文學對於歐洲文學的影響》。

與鄭振鐸合寫的評論《現代世界文學者略傳》（四），刊於《小說月報》第十五卷第四號。評論《拜倫百年紀念》，同刊於《小說月報》第十五卷第四號和《民國日報·覺悟》（二十日）。《對於泰戈爾的希望》刊於《民國日報·覺悟》（十四日）。《紅樓夢、水滸、儒林外史的奇辱》，刊於《文學週報》第一一六期。《匈牙利文學史略》，連載於《文學週報》第一一九、一二○、一二一期（二十八、五月五日、五月十二日）。

雜論《買賣》、《哭與笑》、《湘匪》、《壽……病……》、《清明中的黑暗》、《〈嚴禁奇裝女生的懷疑〉文後按語》、《綁票》、《代表》、《群豬種樹》、《實事求是》、《要不得》、《擒……縱》、《學校戒嚴》、《名不符實》、《太不自然了》、《教育界的人格》、《皇會復活》、《去留》、《罪人與詩人》、《孫胡子的可憐語》、《勤與惰》、《歡迎兒子》和《何妨遊美洲》，先後刊於《民國日報·社會寫眞》（一、二、三、四、五、六、七、八、九、十、十一、十二、十六、十七、十九、二十、二十二、二十四、二十五、二十六、二十七、二十九、三十日）。雜論《洋錢底說話》刊於《民國日報·覺悟》（十六日）。

四、五月間，泰戈爾訪華，爲此寫了兩篇短文，一篇是《對於泰戈爾的希望》，另一篇題爲《泰戈爾與東方文化——讀泰氏京滬兩次講演後的感想》，發表於《民國日報·覺悟》（五月十六日）。兩文根據黨中央精神，公開表明了共產黨人對泰戈爾這次訪華的態度和希望，對泰戈爾的積極、消極作用和在訪問期間的講演作了實事求是的分析和評價。

五月

四日，歐陽予倩、應雲衛等人組織的上海戲劇協社演出洪深翻譯、導演的話劇《少奶奶的扇子》，洪深親自給茅盾送了招待票。在此之前，當茅盾和汪仲賢等發起戲劇協會並出版刊物時，洪深正在美國留學，他得知後，就寫信給戲劇協會，表示可以協助。當時由汪仲賢寫了覆信。後來（一九二二年），洪深回國後，由汪仲賢介紹茅盾認識了他。

五、六月間，中國人辦的第一個電影公司——明星影片公司請洪深去當編導。洪深在明星公司辦了一個電影演員訓練班（共約三、四十人，其中包括後來的明星胡蝶）。茅盾應洪深之請，到電影演員訓練班講演一個多小時，內容與一九二一年辦民眾戲劇社所寫的宣言大致相同。

評論《文學界的反動運動》、《進一步退兩步》，先後刊於《文學週報》第一二一、一二二期，第一二二期並刊有沈雁冰與梁俊青的《通信》。評論《讀〈知識〉一二期後所感——並答曹君慕管》，刊於《民國日報・覺悟》（三日）。與鄭振鐸合寫《現代世界文學者略傳（五）》，刊於《小說月報》第十五卷第五號，評介了捷克白士洛支、白息那、斯拉梅克、馬哈、齊拉散克、沙伐、捷貝克等七名作家。

雜論《不勞而獲》、《今天的希望》、《人肉饅頭》、《吃飯問題》、《保存四庫全書》、《在家辦公》、《國家主義》和《豬仔與妓女》，先後刊於《民國日報・社會寫真》（一、四、五、六、七、八、十、十一日）。雜論《杭育的意義》、《掛名公使吧》、《辭職的性質》、《顧全面子》、《同鄉的意味》、《特別綁票》、《謠言如何挽回》、《閱者自決》、《恢復科舉吧》、《綁死票》、《航空的比較》、《歡迎會》、《小學界的離奇案》、《是否應映自殺影片》、《中國的睡病》和《根本之策》，先後刊於《民國日報・杭育》（十二、十三、十四、十五、十六、十七、十八、十九、二十、二十二、二十三、二十四、二十五、二十六、二十八、二十九日）。

六月

作雜論《有許多青年》和《四面八方的反對白話聲》，刊於《文學週報》第一二四、一二七期。

《雜感》，刊於《時事新報・文學週報》第一二四期。雜論《鄉民的精神》、《皖女學生自殺》、《北方的戲》、《馮玉祥的撲蠅隊》、《製毒費》、《飛機進步》、《山東的女匪》、《易釵而弁》、《請看半截人》、《辦公與營私》、《何妨時髦點》、《班樂衛的態度》、《法國式的接吻》、《孫王鬥法》、《功狗變節》、《二老中間的楊森》、《風……雨》、《小學校奇案之悲觀》和《土皇帝的籌費》，刊於《民國日報・杭育》（二、三、四、五、六、七、十、十一、十二、十三、十五、十六、十七、十九、二十、二十一、二十二、二十四和二十六日）。

上半年，除五月外，在《小說月報》的各期繼續刊登「海外文壇消息」。本

月結束《小說月報》上的「海外文壇消息」專欄，迄止，前後累計共寫了二〇六條消息。

七月

郭沫若因《文學週報》登載了梁俊青對他的《少年維特之煩腦》譯文的批評，給《文學週報》編輯部寫了一封長信，指責茅盾等是「借刀殺人」等等。茅盾和鄭振鐸以編者名義作《答郭沫若》，刊於《文學週報》第一三一期，指出今後「郭君及成君等如以學理相質，我們自當執筆周旋，但若仍舊羌無左證漫罵快意，我們敬謝不敏，不再回答。」至此，持續三年的文學研究會與創造社的論戰終於停止。

評論《蘇維埃俄羅斯的革命詩人》刊於《時事新報·學燈》（十四日），同時刊於《文學週報》第一三〇期，改題爲《蘇維埃俄羅斯的革命詩人瑪霞考夫斯基》。

雜論《打破煩悶之網的利器》和《社評》（二），同刊於《民國日報·婦女週報》（九日）。《社評》兩篇，先後刊於《民國日報·婦女週報》（十六、二十三日）。雜論《鬬鬼話》、《外交官與交際官》、《北京的兩母》、《冷熱》、《做夢》、《孫胡應該出洋》、《氣之分析》、《迦浴》、《求雨的笑話》、《防盜》、《康有爲頗送秋波》、《久不聞此聲了》、《秀才籌賑》、《倪嗣沖死了》、《成績卓著》、《顧夫人的威風》、《做官秘訣》、《黃鶴樓的灰》、《黃包車缺乏》、《豬兔之爭》、《取締豬仔打架的我見》、《社會寫眞的來路》、《康聖人修孔廟》、《乞丐會議》、《「審定」的準則》、《萬牲園的新牲口》和《辦賑人才》，先後刊於《民國日報·杭育》（一、二、四、五、六、七、八、九、十、十一、十二、十三、十四、十五、十六、十七、十八、十九、二十一、二十二、二十三、二十四、二十五、二十六、二十七、二十九、三十日）。

譯文《拉德克（Karl Radek）論英國工黨政府》，刊於《嚮導》週報第七十二期。

八月

評論《歐洲大戰與文學——爲歐戰十年紀念而作》，刊於《小說月報》第十五卷第八號。《非戰文學雜譚（上、下）》，刊於《文學週報》第一三六、一三七期（二十五日、九月一日）。

雜論《遠東與近東的婦女運動》，刊於《婦女雜誌》第十卷第八號。《歐戰

十年紀念》，刊於《文學週報》第一三三期。

雜論《諂與媚》、《奇》、《故警之碑》、《打破忌諱》、《偶然的雨》、《政客之行徑》、《不值一顧》、《救災》、《褒獎倪嗣沖》、《奇怪的稱呼》、《昨天所見的事》、《同是幻術》、《空氣作用》、《媚鬼》、《秀才的新議論》、《眞戰歟假戰歟》、《殷鑑不遠》、《「打」與「不打」的打》、《忘了自己的地位》、《拉夫與拉長》、《避難》和《移軍駐蘇》，先後刊於《民國日報・杭育》（一、二、三、四、五、七、八、十一、十二、十五、十六、十八、十九、二十、二十一、二十二、二十三、二十四、二十七、二十八、二十九、三十一日）。

翻譯《世界戰爭第十週年》和《民眾屠殺三十週年》，同刊於《嚮導》週報第四十八期。

九月

與鄭振鐸合寫的評論《現代世界文學者略傳（六）》，刊於《小說月報》第十五卷第九號，介紹了烏拉圭的左列拉、馬丁、潘萊支、配蒂式，秘魯的旭卡諾，墨西哥的甘波等六名作家。

政論《少年國際運動》，刊於《民國日報・覺悟》（七日）。《社論》兩篇，先後刊於《民國日報・婦女週報》（十七、二十四日）。

編譯《普洛米修偷火的故事——希臘神話之一》，刊於《兒童世界》第十一卷第十一期。翻譯《復歸故鄉》（匈牙利拉茲古），刊於《文學週報》第一四一、一五三期（二十九日、十二月二十二日）。

十月

評論《法朗士逝矣》，刊於《小說月報》第十五卷第十號。同時改題爲《法郎士逝了》，刊於《文學週報》第一四三期。

雜論《嗚呼研究系之時事新報！》，刊於《民國日報・覺悟》（二十五日）。

編譯《何以這世界上有煩惱——希臘神話之二》、《洪水——希臘神話之三》和《春的復歸——希臘神話之四》，先後刊於《兒童世界》第十二卷第二、三、四期。

十一月

七日，與夫人孔德沚參加瞿秋白和楊之華的婚禮。

評論《曼殊斐兒略傳》，附於商務印書館出版的《曼殊斐兒》。

編譯《番松和太陽神的車子——希臘神話之五》、《迷達斯的長耳朵——希

臘神話之六》和《卡特牟司和毒龍──希臘神話之七》，先後刊於《兒童世界》第十二卷第五、六、七期。

冬

從鴻興坊遷居閘北順泰里十一號。瞿秋白夫婦住隔壁十二號，兩家成了鄰居。此期間與瞿秋白往來頻繁，常談及政局和黨內問題；商務印書館的黨支部會議常在茅盾家召開，瞿秋白常代表黨中央出席。

是年

購買上海錦章圖書局當年印行的一套《史記》，共二十冊一百三十卷。每冊前均有沈雁冰篆體鈐印。閱讀時，在各卷上作了眉批（大多用鋼筆少數用毛筆書寫）。

〔重要紀事〕

一月

二十一日，列寧逝世。

中、下旬，中國國民黨在廣州召開第一次全國代表大會。大會提出並確立了「聯俄、聯共、扶助農工」三大政策；通過了共產黨黨員和社會主義青年團團員以個人資格加入國民黨；選出了中央領導機構，在中央執行委員中有李大釗，候補中央執行委員中有毛澤東、林伯渠等共產黨人。

四月

印度詩人泰戈爾訪華。

六月

十六日，孫中山主持黃埔軍官學校開學典禮，中共中央陸續派周恩來任該校政治部主任，葉劍英、惲代英等任軍事政治教官。

七月

廣州農民運動講習所開課，共產黨人彭湃任主任。

八月

創造社出版《洪水》週刊（第一期遭禁，次年改為半月刊）。

九月

中國共產黨發表第三次對時局主張，號召反對帝國主義，推翻直系軍閥統治。

第二次直奉戰爭爆發。

十月

直系軍閥內部分化，馮玉祥發動北京政變。

十一月

中國共產黨發表第四次對時局主張，支持孫中山關於召開國民會議的主張。

魯迅在北平支持孫伏園等人發起組織語絲社，並創辦《語絲》週刊。

十二月

《現代評論》週刊創刊。王世傑主編，主要撰稿人爲胡適、陳西瀅、徐志摩等。

一九二五年（乙丑）二十九歲

一月

評論《波蘭的偉大農民小說家萊芒忒》，刊於《時事新報・學燈》（五日），同時題爲《波蘭小說萊芒忒》，刊於《文學週報》第一五五期。《中國神話研究》，刊於《小說月報》第十六卷第一號。《現代德奧文學者略傳（一）——現代世界文學者略傳之一部霍普德曼・蘇德曼》，刊於《小說月報》第十六卷第一、七號。《安特列夫略傳》，附於商務印書館出版的《鄰人之愛》。《文學瞭望臺》（一、二、三），刊於《文學週報》第一五七期。

雜論《新性道德的唯物史觀》，刊於《婦女雜誌》第十一卷第一號。

編譯《勃萊洛封和他的神馬——希臘神話之八》、《驕傲的阿拉克納怎樣被罰——希臘神話之九》和《耶松與金羊毛——希臘神話之十》，先後刊於《兒童世界》第十三卷第二、三期，第四期，第五、六期。

二月

評論《最近法蘭西的戰爭文學》，刊於《文學週報》第一六一期。《雲飈詩人勃倫納爾的「絕對詩」》，附於商務印書館出版的《雲飈運動》。

《雜感》兩則，先後刊於《文學週報》第一五八、一五九期。

編譯北歐神話《喜笑的金黃頭髮——北歐神話之一》，刊於《兒童世界》第十三卷第九期。

三月

評論《人物的研究——小說研究之一》，刊於《小說月報》第十六卷第三號。

《打彈弓》和《現成的希望》，先後刊於《文學週報》第一六三、一六四期。
《文藝瞭望臺》，刊於《文學週報》第一六四期，評論《包以爾著作之英譯本》，附於商務印書館出版的《包以爾》。

散文《一個青年的信札》，刊於《文學週報》第一六五期。

編譯《菽耳的冒險——北歐神話之二》、《亞麻的發現——北歐神話之三》、《芬利思被擒——北歐神話之四》和《青春的蘋果——北歐神話之五》，先後刊於《兒童世界》第十三卷第十、十一、十二、十三期。

四月

評論《佛羅貝爾》，附於商務印書館出版的《坦白》。

翻譯《瑪魯森珈的婚禮》，刊於《文學週報》第一七〇期。編譯《為何海水味鹹——北歐神話之六》，刊於《兒童文學》第十四卷第二期。

五月

長篇文藝論文《論無產階級藝術》，刊於《文學週報》第一七二、一七三、一七五、一七六期。文章的前半篇寫於「五卅」以前，後半篇於十月十六日完成。這是在一九二四年冬，鄧中夏、惲代英和沈澤民等提出了革命文學的口號之後，茅盾想聯繫蘇聯十月革命後無產階級革命文學創作實踐而寫的一篇文章。動筆前適值藝術師範學院請去講演，於是講了這個題目。後來整理成文，題為《論無產階級藝術》。這是我國現代文學史上第一篇用馬克思主義的立場、觀點、方法，較系統全面地論述無產階級文藝的論文，內容涉及無產階級文藝的性質，產生條件，範疇，內容和形式，文藝的歷史繼承，以及對作家的要求。它是茅盾初步確立無產階級文藝觀的主要標誌。

評論《軟性讀物與硬性讀物》，刊於《文學週報》第一七四期。

雜論《「五四」運動的回顧》，刊於《新學生》第三十四、三十五期；《風化的傷痕等於零》，刊於《文學週報》第一七三期。

與張聞天合譯的《信那文德戲曲集》（西班牙）由商務印書館出版；《譯者序——信那文德的作風》附於該戲曲集。翻譯《花冠——烏克蘭結婚歌》，刊於《文學週報》第一七四期。

三十日，與孔德沚、楊之華同上海大學的學生宣傳隊一起，到南京路參加上海工人、學生、群眾的反帝示威遊行。

作散文《五月三十日的下午》，後刊於《文學週報》第一七七期。

三十一日，與孔德沚、楊之華繼續到南京路參加上海各界群眾的反帝示威遊行。

六月

三日，由文學研究會、上海世界語學會、婦女問題研究會等十一個團體組成的上海學術團體對外聯合會主編的《公理日報》創刊，編務實際上由茅盾、鄭振鐸等文學研究會在滬會員掌握。該報揭露上海各報不敢報導的「五卅」慘案真相，代表群眾公開提出反帝愛國要求。六月二十四日，因資金拮据、承印困難，被迫停刊。

四日，與韓覺民、侯紹裘、沈聯璧、周越然、丁曉先、楊賢江、董亦湘等共三十餘人，在上海小西門立達中學發起上海教職員救國同志會籌備會，並發表了宣言。六日，與楊賢江、侯紹裘一起發表談話，論述發起教職員救國同志會的緣起和所通過的章程。七日起，救國同志會在立達中學開會；九日，決定由茅盾與沈聯璧兩人負責起草宣言，於十五日刊登於上海《民國日報》。宣言強調指出：「我輩肩負教育之責者，一方庶以國民資格，率先為救國活動，一方以教育者的資格，領導受我輩教育之青年，為救國的活動，並培養其救國之能力。此蓋同人等數年來之懷抱。」十六日起，教職員救國同志會組織講演團，藉中華職業學校舉行講演會，茅盾講「五卅」事件的外交背景。

二十一日，商務印書館成立工會，為嗣後不久的商務印書館大罷工準備了條件。為了領導罷工鬥爭，從本月起至八月，黨中央派徐梅坤在商務罷工委員會內組織臨時黨團，茅盾參加了臨時黨團。當時商務印書館的黨組織由茅盾和楊賢江負責。

二十四日至八月中旬，進行商務印書館的日常編輯工作，選注《楚辭》；著手編《文學小辭典》，只寫了一部分條目，未完成。

評論《譚譚〈傀儡之家〉》，刊於《文學週報》第一七六期。

政論《注意段政府的外交政策》、《我們對美國的態度》，先後刊於《公理日報》第四、六號。

翻譯《馬額的羽飾》（匈牙利莫爾奈），刊於《小說月報》第十六卷第六號。

七月

評論《告有志研究文學者》，刊於《學生雜誌》第十二卷第七期。《現代德

奧文學者略傳（二續）——現代世界文學者略傳之一部：法蘭生、維也貝、湯麥司·漫》，刊於《小說月報》第十六卷第七號。

散文《「暴風雨」——五月三十一日》、《街角的一幕》，先後刊於《文學週報》第一八〇、一八二期。

八月

商務印書館全體職工於二十二至二十四日舉行罷工，要求增加工資、縮短工作時間、廢除包工制、優待女工等。二十四日，與徐新之、鄭振鐸等十二人被推為商務印書館勞方代表，和張菊生、高夢旦、王雲五等資方代表舉行談判。二十五日，商務印書館三所（發行所、印刷所、編譯所）一處（總務處）代表開會，討論並決定組織罷工中央執行委員會，共十三人，茅盾被推為執委之一，並負責向各報館撰寫和發布罷工消息。拒絕各報記者採訪。二十七日，商務印書館資方讓步，晚九時達成協議，鮑咸昌代表資方簽字，罷工中央執行委員會的十三個委員代表勞方簽字。二十八日，茅盾代表罷工中央執行委員會在商務印書館全體職工大會上報告與資方談判取得罷工勝利的經過。

翻譯《烏克蘭結婚歌》（二首）：1.《我的花冠》、2.《烘科羅伐葉餅》刊於《文學週報》第一八五期。翻譯《文藝的新生命》（布蘭特斯《安徒生論》中的一節），刊於《文學週報》第一八六期。

九月

四日，起草商務印書館罷工的《復工條件》。（此文係手抄件，一直存在商務印書館上海分館，從未發表過。一九八五年從該館找出）。

評論《文學者的新使命》，刊於《文學週報》第一九〇期。

散文《疲倦》、《復活後的土撥鼠》，先後刊於《文學週報》第一九一、一九二期。

十月

四日，作《大時代中的一個無名小卒的雜記》，刊於《文學週報》第一九四期。

翻譯《關於「列夫」的》（蘇聯羅皮納）以及「前言」「後記」，刊於《文學週報》第一九五期。此文係《一篇通訊》的節譯，介紹了蘇聯拉普派的情況。

十一月

國民黨右派二十三日在北京西山碧雲寺開會後，反對孫中山先生的三大政

策，並強行在上海設立總部，公開宣布開除已加入國民黨的共產黨員惲代英、茅盾等人。黨中央爲了反擊國民黨右派的猖狂進攻，指令惲代英與茅盾籌組兩黨合作的國民黨上海特別市黨部執行委員會（簡稱特別市黨部）。

翻譯《古代埃及的〈幻異記〉》以及「前言」，刊於《文學週報》第一九九、二〇一期。《幻異記》是埃及的一個神話故事。

十二月

上海特別市黨部（設在貝勒路永裕里八十一號）成立，惲代英爲主任委員兼組織部長，茅盾爲宣傳部長，張廷灝爲青年部長。月底，在上海市黨員大會上，與惲代英、張廷灝、吳開先等五人被選爲到廣州出席國民黨第二次全國代表大會的代表。

重譯《戀愛——一個戀人的日記》（丹麥維特）以及「後記」，刊於《文學週報》第二〇四期。

是年

在商務印書館出版的《兒童世界》上連載北歐希臘神話，這是茅盾研究介紹外國神話的開端。同時試寫了一批散文，發表於《文學週報》上，這屬茅盾早期散文。

購買中華圖書館當年印行的一套《三國志》共十四冊，含《魏志》八冊三十卷，《蜀志》兩冊十五卷，《吳志》四冊二十卷。每冊均有沈雁冰篆體鈐印。閱讀時，在各卷作了眉批（大多用鋼筆少數用毛筆書寫）。

〔重要紀事〕

一月

中國共產黨第四次全國代表大會在上海舉行。大會分析了中國社會各階級在民族革命運動中的地位，指出了無產階級領導權和工農聯盟的重要性，決定在全國建立、加強黨的組織，以適應革命大發展的需要。

二月

廣東革命政府發布總動員令，第一次「東征」開始，討伐陳炯明。一個月後，陳炯明逃往香港。

三月

十二日，偉大的民主主義革命家孫中山先生病逝於北京。

四月

魯迅組織文學青年創辦的《莽原》週刊於二十四日正式出版發行。一九二六年一月後改爲半月刊。

五月

三十日，「五卅」反帝愛國運動爆發，上海全市罷工、罷課、罷市幾達一月之久。

六月

爲了聲援上海的「五卅」運動，廣州、香港二十五萬工人舉行省港大罷工，堅持了一年零四個月。香港的全部經濟生活陷於癱瘓。

廣東革命軍自東江回師廣州，平定滇桂軍閥楊希閔、劉振寰的叛亂。

「五卅」事件發生後，上海各報均不能據實報導，中共中央因此於四至二十七日出版了《熱血日報》，宣傳反帝愛國，由瞿秋白主編。

七月

廣東軍政府改組爲國民政府。國民革命軍誓師北伐。

章士釗恢復《甲寅》雜誌，並改月刊爲週刊，反對新文化運動，堅持復古主義立場。

八月

毛澤東離韶山去廣州籌辦全國農民運動講習所。

二十日，國民黨左派首領廖仲愷在廣州被國民黨右派所暗殺。

九月

魯迅與韋素園、曹靖華、李霽野等組成以介紹外國文學爲主的未名社，並編輯出版《未名叢刊》。

十月

廣東革命軍第二次「東征」，討伐陳炯明。

十一月

蘇聯在莫斯科創辦中山大學，爲中國革命培養幹部。

國民黨右派林森、鄒魯等在北京舉行西山會議，策劃另立國民黨中央，反對孫中山的三大政策。

十二月

毛澤東在廣州開始主編《政治週報》。

一九二六年（丙寅）三十歲

一月

曾與惲代英、張聞天、沈澤民、郭沫若等聯名於上海發起組織中國濟難會，並於《濟難月刊》創刊號發表《中國濟難會宣言》。一九二九年十二月更名爲中國革命互濟會。

上旬，與惲代英等上海五代表於元旦夜乘「醒獅」輪前往廣州參加國民黨第二次代表大會。六天後到達廣州，大會已進行數日，向大會秘書處報到後，被安排在一個旅館裡。與惲代英到廣州文德路一樓房的二樓見廣東區委書記陳延年。

八月，作散文《南行通信》（一），刊於《文學週報》第二一〇期。

下旬，國民黨二大閉幕（十九日）後，陳延年讓茅盾和惲代英留廣州工作，惲代英到黃埔軍官學校任政治教官，茅盾到國民黨中央宣傳部任秘書（相當於今之各部辦公廳主任）。國民黨新中央委員會的宣傳部長由國民政府主席汪精衛兼任，汪事忙不能兼顧，請毛澤東代理宣傳部長。茅盾在宣傳部工作到三月下旬。在此期間，一直住在廣州東山廟前西街三十八號。這是毛澤東的寓所，也是《政治週報》（國民黨政治委員會機關報，一九二五年創刊，內部發行）的通訊地址。三十八號是簡陋的中式樓房，毛澤東和夫人楊開慧住在樓上（前後兩間），茅盾和蕭楚女住樓下的前面一間。毛澤東因忙於籌備第六屆農民運動講習所，不能天天到宣傳部辦公，由蕭楚女暫時協助茅盾處理部務。

任職期間，曾與蕭楚女以國民黨中央名義起草一個宣傳大綱，旨在向全國宣傳國民黨二大的精神。國民黨中央常委會三月五日討論通過，加了一段文字，三月六日正式發出。

本月下旬至三月下旬，接編毛澤東主編的《政治週報》（從第五期開始）。《政治週報》上除短評專欄「反攻」由編輯自寫外，其他文章均是約稿。茅盾接編後，在「反攻」欄中寫過三篇政論，都刊在《政治週報》第五期（三月七日）。第一篇題爲《國家主義者的「左排」與「右排」》，第二篇題爲《國家主義——帝國主義最新式的工具》，第三篇是《國家主義與假革命不革命》，內容主要是揭露批判國家主義的反革命面目。

在此期間，被陳其瑗拉去，對廣州市的中學生作了一次講演，由陳當翻譯。

茅盾簡單地敘述了希臘神話中普羅米修斯從天上偷了火種給人民的故事，指出火是人類文明的起源，最後高聲說，偉大的孫中山先生就是普羅米修斯，革命的三民主義就是火，博得了全場的熱烈掌聲。

當時，廣州還有一個政治講習班，主任是李富春，毛澤東、林伯渠等都是理事。毛澤東為這個講習班講農民運動，何香凝講婦女運動，蕭楚女、惲代英講工人運動。蕭楚女曾請茅盾去講過革命文學。

月底，文學研究會廣州分會辦的《廣州文學》約茅盾撰稿，因忙，婉辭。廣州分會同人（包括劉思慕、梁宗岱、楊澄波等）設便宴歡迎茅盾，茅盾赴席，當場作了簡短發言，對分會工作表示鼓勵支持，介紹了上海文學研究會同人的一些情況。事後，劉思慕寫了一篇《訪問沈雁冰記》，登在《廣州文學》上。

作長篇政論《蘇聯十月革命紀念日》，收入廣州國民政府總政治部本月編印發行的小冊子《革命史上的幾個重要紀念日》內。文章論述了十月革命對世界革命特別是中國革命的重要意義。

文論《各民族的開闢神話》，刊於《民鐸》第七卷第一號。

二月

毛澤東因病（實際上是秘密往湘、粵邊界的韶關去視察那裡的農民運動）請假兩星期，宣傳部的部務由茅盾代理。在代理期間，汪精衛曾請茅盾到他家吃飯。同席的還有已由國民黨中委會內定為第二師黨代表的繆斌（孫文主義學會的領導人、蔣介石的親信）和青年部長甘乃光等。

二十六日，婦女部長何香凝在中央常委會上提出設立婦女運動講習所，會議決議指定何香凝、楊匏安、沈雁冰、甘乃光、阮嘯仙五人為審查員，審查婦女運動講習所的章程草案，後來這個婦女運動講習所還規定由茅盾去兼課。

三月

上旬，毛澤東自韶關回廣州銷假後，蕭楚女要離開宣傳部專作籌備第六屆農民運動講習所的工作（當時已內定為教務主任），毛澤東兼這一屆的所長，因而此時工作很緊張。茅盾請毛澤東找個人做他的幫手，毛澤東允為物色。

十八日，中山艦事件發生前夕，險象叢生。毛澤東預感到形勢嚴重，曾與茅盾談起這事，擔心再出現一個廖仲愷事件。

十九日，深夜十一點半，毛澤東同茅盾在談廣州形勢時，宣傳部圖書館的工友跑來向毛澤東告知海軍局長李之龍被捕的消息。毛澤東聞知確已出事，便由茅盾陪同趕到蘇聯軍事顧問宿舍，與蘇聯軍事代表團代理團長季山嘉和陳延年研究形勢。毛澤東曾建議動員所有在廣州的國民黨中央執、監委員密集肇慶開會通電討蔣。建議未被採納，而轉報中央。兩人午夜回家後，毛澤東向茅盾介紹了蔣介石製造中山艦事件和他們的上述討論情況。

二十日，到陳延年辦公處，才知蔣介石派兵包圍了蘇聯軍事顧問團宿舍和汪精衛住宅，也包圍了省港罷工委員會，並繳了糾察隊的槍枝彈藥。

二十二日，又見到陳延年，詢問起中山艦事件，陳答稱：中央來了回電，要我們忍讓，繼續團結蔣介石準備北伐；我們已經同意撤回了第一軍中的所有黨員。陳還對茅盾說：「剛到到上海來電，要你回去，張秋人則從上海來，兩三天內準到。」毛澤東也告稱，張秋人來接茅盾編輯《政治週報》，要茅盾等他來了再回上海。

兩天以後，張秋人到廣州。茅盾向張交待了有關《政治週報》的存稿等事，訂購「醒獅」號輪回上海的船票。

下旬，離開廣州前的兩三天內，觀賞了一下廣州的名勝古蹟。還乘鄧演達的小汽艇同鄧到黃埔軍校看望了惲代英，又一同回廣州。

臨行前夕又去看望汪精衛，汪此時已稱病不出，接待了茅盾，聽說茅盾匚回上海，表示他不久也要離開廣州。

乘「醒獅」輪離穗的當天上午，茅盾向毛澤東辭行，毛澤東說：「上海《民國日報》早爲右派所把持，這裡的國民黨中央在上海沒有喉舌，你到上海後趕緊設法辦個黨報，有了眉目就來信給我罷！」茅盾答應努力去辦。上船後，中央黨部的書記長共產黨員劉芬匆匆上船，把一包文件交給茅盾，讓他帶回上海轉給黨中央。

翻譯《首領的威信》（西班牙伐爾音克蘭）並寫「後記」，刊於《小說月報》第十七卷第三號。

四月

月初，輪船航行了六天到上海。下船後急奔中共中央在上海的秘密機關，把劉芬託帶的文件交給陳獨秀，便回家。

次日，鄭振鐸來訪，說當地駐軍派人到商務印書館編譯所打聽過茅盾幾次，

香港報紙傳茅盾是「赤化分子」，詳細介紹過他的經歷。茅盾即藉機辭職。第二天鄭振鐸給茅盾帶來了一張九百元的支票，作為退職金。又給茅盾一張商務印書館的股票，票面百元，說這是公司給他的報答。不久，茅盾以二百元之值將該股票賣給一個本家。

三至四日，出席國民黨上海特別市代表大會。三日到會的共八十一人，楊賢江為主席，茅盾在會上作了關於國民黨第二次全國代表大會的報告，概括大會的七個特點，其中指出：大會對於革命之敵人，即帝國主義及其工具軍閥、買辦階級、土豪等，認識極為清楚；聯合各階級共同努力於國民革命，但認為聯合戰線中之主力軍應為工農階級，故發展工運、農運實為當前最重要之任務；大會宣言確認中國國民革命為世界革命之一部分。

把準備在上海籌辦國民黨中執委領導下的黨報一事轉告陳獨秀。陳提供了《中華新報》正擬停辦的消息，茅盾即與對方聯繫，並以上海特別市黨部名義致函毛澤東，報告可以三千六百元盤價頂盤《中華新報》的印報機器及其他設備，提出開辦費和開辦後每月經費數目以及他自己擬定的總經理（張廷灝）、總主筆（柳亞子）、副主筆（茅盾）和編委（侯紹裘、楊賢江、顧谷宜）名單。

不久收到毛澤東簽發的宣傳部覆信，信中加張靜江為正經理，張廷灝改為副經理，把總主筆名稱改為正主筆，餘俱照准。另對費用開支作了規定。一兩天後，法租界工部局正式下達不准的批示，辦報的事亦即告吹。茅盾就此函告宣傳部（此時部長已易為顧孟餘），並就正主筆柳亞子、副刊主編孫伏園曾為此事操勞和擬寫報紙、副刊的發刊詞，提出給予報酬的建議。不久，宣傳部覆函，允給柳一百元，孫六十元，茅盾八十元，由宣傳部上海交通局支付。

四至五月

原由惲代英擔任的國民黨上海特別市黨部的主任委員和國民黨上海交通局的主任（即局長），因國民黨二大後惲代英留廣州而都由茅盾代理。交通局可以說是國民黨中宣部在上海的秘密機關，職權是翻印《政治週報》和國民黨中宣部所發的各種宣傳大綱和其他文件，轉寄北方及長江一帶各省的國民黨黨部。交通局有職員四、五人，惲代英過去自兼會計。國民黨二大後，上海交通局的業務繁忙，茅盾還兼國民黨上海特別市黨部主任委員，所以無法再自兼會計。根據茅盾建議，不久，中共上海特別市委派來了一

對黨員知識份子夫婦，分任會計、記錄、收發。

六月

交通局事務由中宣部改為秘書處管理，結果經費遲遲不發，茅盾致函廣州，請求辭去代主任，並稱照現在這種情況，交通局只好結束。結果，廣州來函任命茅盾為主任，並規定了每月經費。

評論《中國文學內的性慾描寫》，刊於《小說月報》第十七卷號外《中國文學研究（下）》。

三十日，魯迅赴廈門大學任教途經上海，鄭振鐸在消閒別墅請魯迅吃夜飯，茅盾應邀在座，這是茅盾與魯迅兩人首次相遇，只寒暄了幾句。

七月

雜論《光明運動與中國濟難會》，刊於《光明》第三期。

三日，翻譯《老牛》（保加利亞潘林）以及「後記」，刊於《文學週報》第二三四期。

八月

上旬，上書國民黨中央秘書處，建議交通局設視察員一人，按時視察北方各省及四川至江蘇沿江各省的黨務及工農運動情況，寫出報告，供秘書處參考。因未及時得覆，又函請「因病」辭職。至下旬，廣州來函挽留，並批准設視察員一名。曾物色到一位姓王的視察員，視察了兩次。在交通局的工作仍保留至年底。

雜論《怎樣求和平？》，刊於《光明》第五期。

秋

茅盾白天忙於開會等政治活動，晚上則閱讀希臘、北歐神話及中國古典詩詞。夫人孔德沚笑稱茅盾白天晚上宛如兩人。茅盾因孔德沚那時社會活動很多，不少女朋友常來家中找她，「由於這些『新女性』的思想意識、音容笑貌，各有特點，也可以說她們之間，同中有異，異中有同。和她們相處久了，就發生了描寫她們的意思。」（茅盾：《我走過的道路·中山艦事件前後》）當時茅盾還聽到團中央負責人之一梅電龍因追求某唐小姐把團中央的一些文件丟在車上的事，情節離奇曲折，覺得是極好的小說材料，引起了更強烈的創作慾望。但不久，北伐軍克復武漢，形勢大變，革命高潮迅猛發展，茅盾也投入了這股洪流，寫小說等等已無暇顧及了。

十月

十六日，浙江省長夏超宣布獨立，並通電聲討孫傳芳。黨中央事先估計到夏必反孫，計劃請沈鈞儒到杭州組織省政府，並內定茅盾任省府秘書長，此事沈鈞儒和夏都已同意。但原定入浙江接應夏超的東路軍——何應欽的第一軍在福建吃了敗仗，夏超又被孫傳芳入浙的援兵逐出杭州，沈鈞儒組織省政府的事就此告吹。

政論《萬縣慘案週》，刊於《文學週報》第二四五、二四六期。

十一月

評論《中國文學不能健全發展之原因》，刊於《文學週報》第四卷第一期。

政論《爭廢比約的面面觀》，刊於《嚮導》第五卷第一七八期。政論《〈字林西報〉目中之「赤化」原是如此》、《〈字林西報〉之於顧維鈞》和《靳雲鵬，國家主義，棒喝團！》，同刊於《嚮導》第五卷第一七九期。

十二月

武漢來電要人，黨中央派茅盾到中央軍事政治學校武漢分校工作。中旬，茅盾夫婦已經決定動身，包惠僧從漢口給茅盾來電，要茅盾負責在上海為武漢分校招生，名額不限，男女都要，並匯了錢來。茅盾通過黨的關係在上海招生，投考者約一千人，請商務印書館編譯所同事吳文祺、樊仲雲、陶希聖幫審考卷。錄取二百多名，招生工作兩週完成。又接包惠僧電報，要茅盾從上海物色一些人去武漢分校任政治教官，茅盾與吳、樊、陶商量，他們都同意去。茅盾給這批學生發了路費，請三位教官與他們先走，自己與夫人孔德沚隨後動身。那時茅盾母親身體健康，留在上海照管兩個孩子。為了路上不受孫傳芳部隊的阻難，茅盾夫婦乘英國輪船去武漢。

是年

收到編輯「國民運動叢書」的通知，這是毛澤東未曾交卸代理宣傳部長時擬定的計劃和書目。茅盾被任命為駐滬編纂幹事。這部叢書是為對外宣傳、對內教育訓練用的，共分五輯，都為待編或待譯，內容涉及國民黨黨史、中國、歐洲近代史、十月革命、馬克思主義理論、「二·七」運動、「五卅」慘案、國際問題等，對當時的國民黨人、共產黨人都有重大教育意義。

〔重要紀事〕

一月

國民黨在廣州舉行第二次全國代表大會。到會代表內國民黨左派和共產黨

員佔優勢。大會決定進一步貫徹執行聯俄、聯共、扶助農工的三大政策，給參加西山會議的右派分子以黨紀制裁。各有七名共產黨員被選入中央執委和候補執委。

三月

十八日，「三‧一八」慘案發生。北京大、中學生於天安門舉行大會，反對日本干涉我國內政和炮擊大沽，向段祺瑞的執政府請願，段部隊開槍殺害多人（其中包括北師大女生劉和珍）。

二十日，中山艦事件發生。蔣介石以共產黨圖謀暴動爲藉口，逮捕了中山艦艦長、共產黨人李之龍，拘留了黃埔軍校及國民革命軍第一軍中的全體共產黨員。

五月

毛澤東（年初時被任爲黨中央農民運動委員會主任）在廣州主辦第六屆全國農民運動講習所，學員三百多人，來自二十個省區。

蔣介石操縱召開了國民黨二屆二中全會，提出了旨在限制共產黨、篡奪國民黨黨權的「整理黨務案」，重用了張靜江、陳果夫等右派，自己則當上了國民黨中央執行委員會常務委員會的主席，集黨、政、軍權於一身。

六月

蔣介石竊取了國民革命軍總司令之職。

七月

國民革命軍開始由廣東出師北伐，分三路進軍：一路入閩，一路入贛，一路入湘（主攻方向）；當月入長沙，九月佔領漢口，十月破武昌（至此，武漢三鎮全部克復），十一月攻克南昌。

八月

魯迅應聘，離開北京，赴廈門大學任教。魯迅的小說集《彷徨》由北京北新書局出版。

十月

上海工人在中共領導下舉行第一次武裝起義，失敗。

是年

太原市在地下黨領導下，爲紀念「五一」國際勞動節，演出了以「二‧七」慘案爲題材的話題《二七血》。

三、大革命失敗前後
（1927 年～1929 年）

一九二七年（丁卯）三十一歲

一月

與夫人在從上海去武漢的英國輪船上過了陰曆年。到武漢後，住武昌閱馬廠福壽里二十六號。中央軍事政治學校武漢分校的校長當時還是蔣介石，教育長是鄧演達，最初的籌備人是包惠僧，茅盾到武漢時，他已離開，改由周佛海負責，但只是掛名，實際主持日常工作的是惲代英，他是軍校的校務委員，又是總教官。茅盾到武漢分校任政治教官，他的講課題目有：什麼叫帝國主義，什麼叫封建主義，民國革命軍的政治目的，以及婦女解放運動等。

雜論《現代女子的苦悶問題》，刊於《新女性》第二卷第一號。

春

由於所教的課程都是熟的，不用費力準備，就想附帶搞點文學。當時孫伏園正在《中央日報》編《中央副刊》，茅盾就找他商量，聯絡了陳石孚、吳文祺、樊仲雲、郭紹虞、傅東華、梅思平、顧仲起、陶希聖、孫伏園等共十人組成「上游社」，創辦《上游》週刊，附在孫伏園編的《中央副刊》上，每星期日出版，又叫《中央副刊星期日特別號》。上游社的通訊地址就在武昌閱馬廠茅盾家中。但上游社成立後茅盾就接到了編《漢口民國日報》的任務，將《上游》週刊推給了孫伏園辦。茅盾只在《上游》上發表過兩篇文章。

三月

雜論《「士氣」與學生的政治運動》，刊於《民鐸》第八卷第四號。《最近蘇聯的工業與農業》，刊於《中央副刊》星期日特別號《上游》第六、七期。

五日，作《〈紅光〉序》（《紅光》是顧仲起的詩集），刊於《中央副刊》星期日特別號《上游》第六期。

四月

月初，黨中央決定讓茅盾去主編《漢口民國日報》。該報名義上是國民黨湖北省黨部的機關報，但實際上可以說是共產黨辦的第一張大型日報。報社社長是董必武，總經理是毛澤民。茅盾任總主編，編輯部的編輯，除石信嘉是國民黨左派外，其它也都是共產黨員；而且，報紙的編輯方針、宣傳內容由中共中央宣傳部確定。那時武漢由瞿秋白兼管宣傳工作，茅盾有事就去找瞿秋白請示。

茅盾調報社工作後，家也就從武昌搬到了漢口歆生路德安里一號報社編輯部內。《漢口民國日報》的人員不多，編輯部只有十幾個人（包括宋雲彬、馬哲民、倪文宙、石信嘉等）。茅盾每天的工作就是把編輯們編好的稿件加以選擇、審定，加上標題，確定版面，然後再寫一篇一千字左右的社論，鼓吹革命，或者斥責蔣介石。「緊要新聞」版的消息，幾乎每天都要等到夜間一兩點鐘才能把稿子發完，由於排版工人技術很差，茅盾差不多每晚都到排字房指導如何排版，所以經常徹夜不眠。

政論《歡送與歡迎》和《怎樣紀念今年的五一節》，先後刊於《漢口民國日報》（二十九、三十日）。

五月

散文《「五卅」走近我們了》，刊於《漢口民國日報·副刊》第二十二號。

政論《「五四」與李大釗同志》、《革命者的仁慈》、《五五紀念中我們應有的認識》、《廿一條與一切不平等條約》、《袁世凱與蔣介石》、《蔣逆敗象畢露了》、《鞏固後方》（社論）、《英帝國主義又挑釁》、《前方勝利中我們的責任》（社論）、《祝中央軍事政治學校特別黨部成立大會》、《鞏固農工群眾與工商業者的革命同盟》、《工商業者工農群眾的革命同盟與民主政權》、《夏斗寅失敗的結果》（社論）、《我們的出路》、《整理革命勢力》（社論）和《英俄絕交之觀察》，先後刊於《漢口民國日報》（四、五、七、九、

十、十一、十二、十三、十五、十六、二十、二十一、二十二、二十三、二十六、二十九日）。

《鞏固後方》論及「四·一二」事變後武漢的政治形勢，揭露了蔣介石勾結帝國主義、封建勢力，對革命政權的反撲、破壞；《整理革命勢力》讚頌了當時在湖南等地蓬勃發展的農民運動，並對農民運動的進一步發展提出了指導性意見，實際上駁斥了黨內外認爲農運「過火」的論調；《夏斗寅失敗的結果》是針對唐生智的部下、駐武漢的獨立十四師師長夏斗寅在蔣介石策劃下叛變（十七日）失敗而寫，文章列舉了蔣介石內外交困的七條事例，鼓舞人民的革命鬥志。

《〈楚辭選釋〉緒言》刊於《中央副刊》星期日特別號《上游》第八、九期。中國共產黨第五次代表大會後，茅盾受到陳獨秀面示說：《漢口民國日報》太紅了，應少登些工運、農運和婦女解放的消息、文章；現在登多了，國民黨裡就有人害怕，說革命革到自己頭上來了。茅盾把陳獨秀的意見告知董必武，要他拿主意，董必武表示可不予理睬，照登。

《漢口民國日報》的「緊要新聞」版上必須刊登國民黨中央黨政軍的各種布告、命令、訓令以及要人講話，還經常要求寫社論配合，茅盾曾多次向瞿秋白談起此事，並又轉達了陳獨秀的上述意見，瞿就讓茅盾按「五大」決議精神去辦。

六月

政論《讀李品仙軍長等來電》、《民眾應該認識有獎債券之性質》、《鄭汴洛克復後之革命形勢》、《楊森潰敗之觀察》、《負傷同志的娛樂問題》、《歡迎中央委員暨軍事領袖凱旋與湖南代表團之請願》（社論）、《撲滅本省各屬的白色恐怖》（社論）、《長沙事件》（社論）、《肅清各縣的土豪劣紳》（社論）、《第四次全國勞動大會》、《湖北省市縣黨部聯席會議（一）》、《湖北省市縣黨部聯席會議（二）》和《論上海之反日運動》，先後刊於《漢口民國日報》（四、六、九、十一、十二、十三、十四、十五、十八、二十一、二十二、二十三、二十四日）。

《編完以後》兩篇，先後刊於《漢口民國日報·副刊》（九、十二日）。

長沙「馬日事變」後，湖南各團體請願代表團到達武漢，到處報告長沙事件和湖南農民運動的經過。國民黨的《中央日報》不登這些消息，《漢口民國日報》不顧阻撓，連續五天登載了湖南請願團關於湖南農運和長沙事件

的兩個長篇報告，茅盾也寫了《歡迎中央委員暨軍事領袖凱旋與湖南代表團之請願》、《撲滅本省各屬的白色恐怖》、《長沙事件》、《肅清各縣的土豪劣紳》等四篇社論，聲援湖南請願團。社論中說到的湖北各地的白色恐怖（土豪劣紳、土匪、國民黨右派的反撲），是《漢口民國日報》編輯部天天收到和聽到的消息，這些消息後來成爲茅盾創作《動搖》的素材。

月底，通過經亨頤介紹，由經的一位老友范老照顧，茅盾把夫人孔德沚送上了去上海的英國輪船。那時她將分娩，在武漢很不安全。她帶走了她和茅盾兩人的絕大部分行李，只留下茅盾的夏衣。

七月

《編完以後》，刊於《漢口民國日報‧副刊》（一日）。政論《武漢市民怎樣解除目前經濟的痛苦》，刊於《漢口民國日報》（七日）。

八日，作最後一篇社論《討蔣與團結革命勢力》，刊於《漢口民國日報》（九日）。

這篇社論寫完後就給汪精衛寫信，辭去《漢口民國日報》的工作，當天就與毛澤民一起轉入「地下」。兩天後，接汪精衛託人轉來的信，留他繼續在報館工作，茅盾不予理睬。經經亨頤的幫助，與宋雲彬、于樹德一起搬到了法租界的一個大商賈的棧房裡，在那裡共隱蔽了半個月。

七月上旬至八月上旬

二十三日，接到黨的命令，去九江找某關係，並讓他攜帶一張二千元的抬頭支票給黨組織。當天傍晚，偕同宋雲彬和另一個姓宋的搭乘日本輪出發，翌日清晨抵九江，按規定地點找到接頭人董必武（在場的還有譚平山）。董必武告茅盾，他的目的地是南昌，但若交通梗阻，可返上海。因未買到車票，便決定上廬山，翻越牯嶺下南昌，宋雲彬等二人隨往。

二十五日，清晨步行上山，下午抵山頂，宿廬山大旅社（離牯嶺大街約二三里）。在牯嶺大街遇夏曦，夏告，越山道路已斷。當晚在旅社作通訊：致武漢的朋友們之一《雲少爺與草帽》，寄給了孫伏園主編的漢口《中央副刊》，刊於《中央副刊》（二十九日）。

二十六日，作通訊《牯嶺的臭蟲——致武漢的朋友們（二）》，後刊於漢口《中央副刊》（八月一日）。當天再找夏曦，夏建議早些返滬。但回旅社後突然腹瀉，臥床五六天後才能起身走動。此時宋雲彬等已走，在山上碰到原在漢口海外部工作的范志超，范介紹了南昌「八一」起義情況。范擬一

週後回上海，兩人約定同走，並由范設法預訂船票。在此期間由英文本翻譯了西班牙柴瑪薩斯的中篇小說《他們的兒子》。譯文刊於《小說月報》第十八卷第八號。

八月

中旬，與范志超一起下山乘日本輪離九江。考慮到在上海碼頭容易碰到熟人，決定在鎮江上岸再換火車，行李託范直接帶回上海。在鎮江碼頭下船時把那張支票給了一個搜查茅盾發現了這張支票並對他產生懷疑的士兵，混過了搜查。在鎮江上火車，在車上瞥見一個投靠了蔣介石的熟人，於是改在無錫下車過夜，第二天乘夜車回上海。

回到家裡（上海東橫濱路景雲里十九號半），只見母親在家，聽說夫人已小產，躭在福民醫院，旋即趕到醫院，死胎（是女孩）已埋掉。

不久，把丟卻抬頭支票的事報告了黨組織，由他們向銀行「掛了失」，後再由某黨員開設的「紹敦電器公司」擔保，把這兩千元取了出來。

幾天後，范志超與原同事董鋤平準備離上海去南洋，來茅盾家辭行。

由於南京政府通緝茅盾，本月起，就隱居在家，足有十個月，足不出戶，並對外揚言：「雁冰去日本了。」但對少數熟人，如魯迅、葉聖陶（住在茅盾家隔壁）、周建人（住在葉聖陶隔壁）等就未保密，茅盾當時的作品，就是經葉聖陶之手在《小說月報》和《文學週報》上發表的（那時，《小說月報》正由葉代編）。茅盾隱蔽後，只能以賣文為生。

當時，茅盾對於大革命失敗後的形勢感到有點迷茫，「共產主義的理論我深信不移，蘇聯的榜樣也無可非議，但是中國革命的道路該怎樣走？……在一九二七年的夏季，我發現自己並沒有弄清楚！」「需要時間思考、觀察和分析」。（茅盾：《我走過的道路·創作生涯的開始》）

評論《柴瑪薩斯評傳》，刊於《小說月報》第十八卷第八號。

九日，作《我們在月光底下緩步》，後刊於《文學週報》第五卷第十八期。《留別》，刊於漢口《中央副刊》（十九日）。

編譯集《希臘神話》由商務印書館出版。

九月

用四個星期的時間（九月上旬至十月上旬）寫完第一部小說（中篇）《幻滅》，以「茅盾」的筆名發表於《小說月報》第十八卷第九、十號，一九二八年

八月由商務印書館出版單行本。《幻滅》主要寫兩個女性，後來的《動搖》
和《追求》也著重寫了女性。這是由於「五卅」運動後，孔德沚從事婦女
運動的工作對象經常來往，茅盾漸漸熟悉了解了她們；大革命時在武漢，
茅盾又遇到了不少這樣的女性，她們有知識份子的共同特點，但性格又不
相同。這些人就成了茅盾小說中女性形象的基礎。《幻滅》中的張連長，有
一小部分以顧仲起為生活原型。顧原是南通師範學校學生，因參加學生運
動被開除，後在上海碼頭當搬運工，或做雜工，同時給《小說月報》投稿。
一九二五年，茅盾把他介紹到了黃埔軍校，茅盾和鄭振鐸還給他湊了一點
路費。去後，他給茅盾來信，說要上前線打仗去了。茅盾當時寫了一篇題
為《現成的希望》的文章，對他寄予很大期望。一九二七年茅盾在武漢時，
他突然去找茅盾，說是當了連長，此時茅盾與他論及時局，他表示已不感
興趣，軍人只管打仗。他住在旅館裡還天天叫妓女來聊天（但不過夜），以
尋求精神上的刺激。但他仍在寫東西，拿出了一本叫《紅光》的詩集原稿
給茅盾看，要茅盾寫序。茅盾拉他列為「上游社」的發起人，並為他的詩
集寫了序。

寫完《幻滅》前半部時，葉聖陶要拿去先發表（刊登在九月號的《小說月
報》上），底稿署了「矛盾」的筆名，為了避免引起敵人的注意和查詢，葉
建議在「矛」上加個草頭，茅盾同意，從此開始使用茅盾這個筆名。

十月

八日，魯迅搬到景雲里，住在二十三號，他家前門正對著茅盾家的後門。
過了兩天，周建人陪魯迅來訪。這是第二次見到魯迅，兩人談得較多。茅
盾先稱通緝令在身，未能先謁，表示歉意。接著談了在武漢的經歷以及大
革命的失敗。魯迅則談了半年來在廣州的見聞，認為革命看來已處低潮，
對仍在流行的革命不斷高漲論表示不理解。他表示今後不再教書，擬在上
海定居下來，告知已在《小說月報》上讀到《幻滅》，並詢問茅盾未來的打
算，茅盾表示正在考慮寫第二部以大革命為題材的小說，今後準備長期蟄
居地下，賣文為生。

中下旬，應葉聖陶之約，為《小說月報》寫評論，同意葉建議，寫魯迅論。
但先寫出的卻是《王魯彥論》。這是第一次全面評論一個作家，為了避難就
易，就先選擇了王魯彥。經過深思熟慮、仔細推敲，第二篇才寫了《魯迅
論》。可是，先登出來卻是《魯迅論》。因為葉聖陶認為還是用魯迅來打頭

炮比較好，而且魯迅剛來上海，也有歡迎的意思。這篇評論較系統概括地論述了魯迅當時已發表的小說和雜文，他指出，魯迅小說所描繪的人物「正是中國現在百分之九十九的人們的思想和生活」，能引起人們的深切的同情。而魯迅的雜文則做到了「反抗一切的壓迫，剝露一切的虛偽！」能幫助人們更加明白小說的意義。《魯迅論》在中國現代文學史上樹立了正確認識和評價魯迅的第一塊界石。該文後刊於《小說月報》第十八卷第十一號。《王魯彥論》後刊於《小說月報》第十九卷第一號。

評論《各民族的神話何以多相似》，刊於《文學週報》第五卷第十三期。

十一月

四日，作評論《看了眞善美創刊號以後》，刊於《文學週報》第五卷第十四期。

開始作《動搖》，歷時一個半月。後刊於《小說月報》第十九卷第一至三號，一九二八年八月由商務印書館出版單行本。「《動搖》是經過冷靜思索，比較有計劃寫的。是要借寫武漢政府下湖北一個小縣城裡發生的事情，來影射武漢大革命的動亂」；「是要寫大革命時期一大部分人對革命的心理狀態，他們動搖於左右之間，也動搖於成功或者失敗之間。」《動搖》「如實地寫了革命的失敗和反革命的勝利」。（茅盾：《我走過的道路・創作生涯的開始》）

十二月

雜論《初民社會關係中的兩性關係》，刊於《新女性》第二卷第十二號。

是年

丁丁編《革命文學論》由泰東書局出版，收入陳獨秀、瞿秋白、鄧中夏、沈雁冰等討論革命文學的論文十多篇。

〔重要紀事〕

一月

武漢人民舉行慶祝國民政府北遷（從廣州至武漢）和北伐勝利大會。

在中國工人群眾的壓力下，漢口、九江的英租界歸還中國。這是中國工人階級第一次奪回帝國主義侵略中國的據點。

二月

魯迅離廈門到廣州，任中山大學文學系主任兼教務主任。

北伐軍入杭州。

二十一日，上海工人舉行第二次武裝起義，失利。

三月

國民黨召開三中全會，翻了二中全會的案，撤銷了蔣介石的國民黨中常會主席職務。

北伐軍進入上海、南京。

二十一日，上海工人在周恩來等領導下舉行第三次武裝起義，次日解放上海。

四月

中國共產黨在武漢召開第五次全國代表大會，大會批評陳獨秀犯了忽略同資產階級爭奪革命領導權的右傾錯誤，但繼續推選他為總書記。

六日，奉系軍閥搜查蘇聯駐華使館，逮捕了李大釗等人，二十八日在北京將李大釗等二十位革命者秘密殺害。

十二日，「四·一二」反革命政變在上海發生。接著，蔣介石的黨徒在廣州、南京、杭州、福州等地也開始大肆殺戮共產黨員和革命群眾。

十八日，蔣介石在南京成立代表大地主大資產階級的「國民政府」。從此蔣介石代替了北洋軍閥，成了帝國主義在中國的新代理人。

五月

反動軍官夏斗寅在宜昌叛變；反動軍官何鍵、許克祥在長沙發動反革命的「馬日事變」。

六月

北伐軍進入鄭州、開封。

七月

十五日，汪精衛召開「分共」會議，宣布正式和共產黨決裂，公開背叛革命。第一次國內革命戰爭失敗。

八月

一日，根據中共中央的決定，以周恩來為首的中共前敵委員會和賀龍、葉挺、朱德、劉伯承等領導的北伐部隊三萬餘人，在南昌舉行武裝起義，打響了武裝反抗國民黨反動派的第一槍。從此開始了中共獨立領導革命武裝鬥爭的新時期。

七日，在共產國際的幫助下，中共中央在漢口召開緊急會議（即「八七」會議），總結了大革命失敗的經驗教訓，徹底結束了陳獨秀右傾投降主義在中共中央的統治，確定了土地革命和武裝反抗國民黨反動派的總方針。

九月

九日，作為中央特派員的毛澤東和湖南省委領導了湘贛邊界秋收起義。參加起義的前武漢國民政府警衛團和其他工農武裝合編為工農革命軍第一軍第一師，起義後，在毛澤東領導下於十月間上井岡山，開始了建立農村革命根據地的偉大鬥爭。

十月

彭湃領導了廣東海、陸豐的農民武裝起義，於次月建立蘇維埃政權。

三日，魯迅從廣州到上海。

是年

蔣光慈作長篇論文《十月革命與俄羅斯文學》，介紹十月革命前後蘇俄文壇情況，宣傳無產階級革命文學理論，連載於《創造月刊》。

一九二八年（戊辰）三十二歲

一月

評論《自然界的神話》，刊於《一般》第四卷第一號。

五日，作評論《歡迎〈太陽〉！》，刊於《文學週報》第五卷第二十三期。該文一方面對太陽社的成立和《太陽月刊》的出版表示歡迎，一方面對太陽社蔣光慈等的一些「左」的偏激觀點——如認為只有描寫第四階級（無產階級）的文學才是革命文學，不承認非工農群眾對革命高潮的反應、態度也可作為革命文學題材，等等，提出了批評。

十二日，作散文《嚴霜下的夢》，後刊於《文學週報》第六卷第二期。當時剛與魯迅議論過黨內「左」傾盲動主義的問題，覺得不能理解「左」的革命不斷高漲論，此文就是進一步採用象徵手法對這種盲動主義表示了「迷亂」、「不明白」和不贊成。

二月

二十三日，創作第一個短篇小說《創造》，後刊於《東方雜誌》第二十五卷第八號。《創造》是反映大革命失敗以後，茅盾的思想從低落、苦悶到

積極樂觀的轉變的第一篇小說。「我自己卻以爲《創造》才是我在寫了《幻滅》等三篇以後第一次思想上的變化。」（《茅盾短篇小說集‧序》，一九七九年八月二十三日）

三月

評論《伊本納茲》和《〈楚辭〉與中國神話》，分別刊於《貢獻》雜誌第二卷第一期、《文學週報》第六卷第八期。

四至六月

寫完《追求》，刊於《小說月報》第十九卷第六至九號，一九二八年十二月由商務印書館出版單行本。「原來是想寫一群青年知識份子，在經歷了大革命失敗的幻滅和動搖後，現在又重新點燃希望的火炬，去追求光明了。」可是在寫作過程中，聽到不少有關「左」傾盲動路線造成的各種可悲損失，一些熟悉的朋友，莫名其妙地被捕了，犧牲了。這使茅盾「又一次深深地陷入了悲觀失望中」。以至當時寫的《追求》「完全離開了原來的計劃，書中的人物個個都在追求，然而都失敗了。」（茅盾：《我走過的道路‧創作生涯的開始》）

五月

論文《中國神話的保存》，刊於《文學週報》第六卷第十五、十六期合刊號。

翻譯小說集《雪人》，由商務印書館出版，輯譯匈牙利等十一個國家、民族的十九位作家的作品二十二篇，書內附有譯者一九二七年四月作的《自序》和《作家小傳》。

六月

寫完《追求》後，一天陳望道往訪。閒談中，陳發現茅盾久困斗室，身體精神都不好，認爲天氣炎熱，悶居小樓，容易染病，提出既然放出了已去日本的空氣，不妨眞的到日本去換換環境，呼吸點新鮮空氣。茅盾覺得他的話有道理，而且當時中國人去日本不用護照，但怕不懂日語，有困難。陳表示與茅盾相識的他的女友吳庶五在東京可以招呼他。於是決定去日本。陳望道並代買船票、兌換日元等。

月底，在茅盾去日本前夕，陳獨秀於某天夜間訪問茅盾。（約在半年前，陳的聯絡人鄭超麟曾來拜訪，所以陳知道茅盾的住址。）陳當時在研究聲

韻學，想爲寫一部《文字學注釋》準備材料，找茅盾的目的在於討教上海話中之古音。茅盾稱自己的上海話不行，就推給孔德沚。於是陳寫了幾個字，要孔德沚用上海白來讀，他作音標。後來，茅盾還問了他對時局的看法。談到十一點時，孔德沚留他在茅盾家過夜，他住了一夜，翌日一早不辭而別。此後他沒有再來，但寄來一信，謂已找到浦東人談上海古音。

論文《人類學派神話起源的解釋》和《神話的意義與類別》，先後刊於《文學週報》第六卷第十九、二十二期。

七月

月初，化名「方保宗」，東渡日本，陳望道代買船票並送上船。先到神戶，次日乘火車到東京，陳望道女友吳庶五按陳囑託到車站迎接，安排到東京一家中等旅館——本鄉館，旅館內同居的熟人有武漢時期《中央日報》的總編陳啓修。在東京共住五個月。

八日，作短篇小說《自殺》，後刊於《小說月報》第十九卷第九號。

十六日，作《從牯嶺到東京》，後刊於《小說月報》第十九卷第十號。該文回答了創造社、太陽社一些人對《幻滅》、《動搖》和《追求》的批評，並就他們提倡的革命文學問題發表了自己的看法，認爲中國革命離不開小資產階級，小資產階級在當時是事實上的讀者，革命文藝應把小資產階級作爲反映對象、服務對象，實事求是地描寫小資產階級分子的消極、悲觀情緒是允許的；對當時不適當地誇大文藝的宣傳鼓動作用，不注意文藝反映生活的特點，強調革命文藝的題材必須是無產階級生活等一些「左」傾觀點作了批判和澄清。文章的缺點在於把小資產階級作爲文藝的主要服務對象強調得過分了一些。這篇文章是茅盾在大革命失敗後經過重新認識、探索後的一次自我思想總結，是他創作思想上克服暫時的苦悶、低沉，趨向振作的一個新起點。

論文《北歐神話的保存》，刊於《文學週報》第七卷第一期。

八月

論文《希臘神話與北歐神話》，刊於《小說月報》第十九卷第八號。

十五日，作《小說研究 ABC》凡例。

二十至二十五日，作短篇小說《一個女性》，後刊於《小說月報》第十九卷第十一號。

專著《小說研究 ABC》由世界書局出版。

九月

《楚辭》（選注）由商務印書館出版，內附《〈楚辭〉（選注）緒言》。初收入「學生國學叢書」，一九三〇年收入「萬有文庫」第一集第七九二種。

十月

論文《希臘羅馬神話的保存》和《埃及印度神話的保存》，連刊於《文學週報》第七卷第十至十三號。

二十日，作《中國神話研究 ABC》的序。

二十八日，作《〈腦威現代文學〉補記》，後收入一九二九年五月出版的《近代文學面面觀》。

作《近代文學面面觀》的「序」。

十一月

三日，編定《現代文藝雜論》並作序。該書由舊稿五篇和新寫的七篇匯集而成。這是茅盾在日本東京編寫的最後一本書，後於一九二九年五月由世界書局出版。

專著《歐洲大戰與文學》由開明書店出版。

十二月

經與在京都的楊賢江夫婦聯繫，遷居至京都高原町，與楊賢江家為鄰。

九日，作評論《關於中國神話》；十三日，作《陳因女士的〈歸家〉——致平兒》，同刊於《大江》第一年第三期。

十四日，作散文《霧》，後刊於《小說月報》第二十卷第二號。

十五日，作短篇小說《詩與散文》，刊於《大江》第一年第三期。

翻譯小說《一個人的死》（希臘帕拉瑪茲），由商務印書館出版。

是年

在東京居住期間，表弟陳瑜清住在東京市郊，陳瑜清曾帶著與他同住的朋友莊重、吳朗西等去市內本鄉館拜訪過茅盾。

專著《神話的研究》，翻譯小說《衣食住》（美卡本德）和《他們的兒子》（西班牙柴瑪薩斯）均由商務印書館出版。

〔重要紀事〕

一月

方志敏等在江西弋陽、橫峰領導武裝起義，創建了贛東北革命根據地。

蔣光慈、錢杏邨、孟超等在上海發起成立太陽社。一九二九年底自動解散。先後出過《太陽月刊》、《時代文藝》和《新流月報》。

大革命失敗後，爲了推動革命文學運動的深入發展，魯迅和創造社的郭沫若、鄭伯奇等決定共同合作，恢復《創造週報》。但剛從日本回國的創造社的一些青年廢除了前議，另創刊《文化批判》。接著，創造社、太陽社的一些成員紛紛在《文化批判》、《創造月刊》和《太陽月刊》上發表有關革命文學的文章，引起了創造社、太陽社與魯迅之間的一場關於革命文學的激烈論爭，一直持續到翌年下半年。各方面發表的文章大約有一百多篇。

潘漢年主編的《現代小說》在上海創刊。

二月

《語絲》雜誌在上海復刊。

郭沫若離滬赴日本。

三月

新月社的《新月》月刊創刊，發表主編徐志摩執筆的《〈新月〉的態度》，向左翼文化進攻，接著梁實秋在《文學的紀律》等文中系統地宣揚資產階級人性論。

四月

朱德、陳毅率領南昌起義保留下來的部隊和湘南農軍到井岡山同毛澤東領導的秋收起義部隊勝利會師。

五月

劉志丹等領導了陝西渭華起義，成立西北工農革命軍。

井岡山兩支革命軍隊在寧岡合編爲中國工農紅軍第四軍，毛澤東任黨代表，朱德任軍長。

《文化戰線》旬刊創刊，反對馬克思主義文藝理論，攻擊無產階級革命文學。

六月

魯迅與郁達夫合編的《奔流》月刊在上海創刊（至1929年12月止），廣泛

地介紹了歐美和日本的進步的作家和作品。

奉系軍閥張作霖由北京退回瀋陽途中，在皇姑屯被日本帝國主義者炸死。

六、七月間

中國共產黨在莫斯科召開第六次全國代表大會。大會分析了大革命失敗後革命形勢和面臨的任務，指出了中國現階段革命的性質依然是資產階級民主革命，批評了「左」右傾機會主義，特別是盲動主義的錯誤。

七月

彭德懷等領導湖南平江起義，成立工農紅軍第五軍，開闢了湘鄂贛革命根據地。

九月

郁達夫主編的《大眾文藝》月刊在上海創刊。後成了左聯開展文藝大眾化問題討論的陣地之一。一九三○年被查禁。

十二月

中國著作者協會在上海成立。鄭振鐸、沈端先等九十餘人出席了成立大會。

是年

美國進步女作家、記者史沫特萊以德國《佛蘭克福日報》駐華記者名義來到中國，在上海參加中國進步文化運動，結識了魯迅、茅盾等人。抗戰後前往延安，一九四一年因病回國。

一九二九年（己巳）三十三歲

一月

散文《叩門》，刊於《小說月報》第二十卷第一號。

十五日，《騎士文學 ABC》定稿，四月間由世界書局出版。《中國神話研究 ABC》（上下冊）（附「序」）由世界書局出版。

二月

六日，作散文《速寫一》；十七日，作散文《速寫二》，同刊於《小說月報》第二十卷第四號。散文《賣豆腐的哨子》，刊於《小說月報》第二十卷第二號。

三月

三日，作短篇小說《色盲》，刊於《東方雜誌》第二十六卷第六、七號。九

日。作短篇小說《曇》，刊於《新女性》第四卷第四號。

散文《虹》和《紅葉》，同刊於《小說月報》第二十卷第三號。

四月

三日，作短篇小說《泥濘》，刊於《小說月報》第二十卷第四號。

專著《騎士文學 ABC》（附「例言」）由世界書局出版。

本月至七月，創作長篇小說《虹》，歷時四個月，其中第一、二、三章刊於《小說月報》第二十卷第六、七號，署名 MD。全書於一九三〇年三月由上海開明書店初版。原試圖以「五四」到「五卅」這一段歷史時期的現實鬥爭爲背景加以詳盡描述的。後來剛寫到「五卅」爆發就因病擱筆，只完成了全書的三分之一，沒有再繼續寫下去。小說通過女主角梅行素從追求「個性解放」、反對封建婚姻到最後投身群眾革命鬥爭行列的曲折經歷，反映了從「五四」到「五卅」這一歷史時期小資產階級知識份子的鍛煉、覺悟、成長過程，這是作者在克服了大革命失敗後，一度出現的思想苦悶、情緒低落後創作的第一部長篇小說，與短篇《創造》一樣，它體現了茅盾的無產階級世界觀的趨向成熟。在藝術上也標誌著進入嫻熟階段。

五月

四日，作評論《讀〈倪煥之〉》，刊於《文學週報》第八卷第二十期。此文繼續參與對革命文學的論爭，可以看作《從牯嶺到東京》一文的姐妹篇。主要內容包括：一、對作品反映「時代性」的闡釋，強調時代對人的影響和人的創造性、能動性對時代所起的推動作用；二、作品的內容和形式問題，認爲兩者應該統一，反對「標語口號式或廣告式的無產文藝」；三、認爲新寫實文藝「應該揀自己最熟習的事來描寫」，包括對小資產階級生活的描寫。

九日，爲短篇小說集《野薔薇》寫了前言，題爲《寫在〈野薔薇〉的前面》。

十五日，作散文《鄰一》、《櫻花》，後同刊於《新文藝》月刊第一卷第二號。

專著《現代文學雜論》和評介譯文集《近代文學面面觀》，同由上海世界書局出版。《近代文學面面觀》輯譯了九篇文學評論，介紹丹麥、挪威、冰島、荷蘭、德國、奧地利、葡萄牙、南斯拉夫和猶太等九個國家和民族的近代文學，書前並寫有譯者的「序」。這是我國早期較全面介紹歐洲小民族文學的譯論集。

六月

專著《六個歐洲文學家》和《神話雜論》由世界書局出版。

七月

評論《二十年來的波蘭文學》，刊於《小說月報》第二十卷第七號。

第一部短篇小說集《野薔薇》（內附前言《寫在〈野薔薇〉的前面》）由上海大江書鋪出版，收入《創造》、《自殺》、《一個女性》、《詩與散文》和《曇》等五篇，都曾載於《小說月報》和《東方雜誌》。這五篇小說都是大革命失敗後，茅盾對社會現實進行新的探索和認識的產物。

八月

仍住日本東京都，但換了一個住處。

一日，作散文《風化》和《自殺》，後刊於《詩與詩文》第一期。

十月

十日，寫完《西洋文學通論》，後由世界書局出版。

本月至十二月，作《北歐神話 ABC》，後由世界書局出版。

散文《鄰二》，刊於《新文藝》月刊第一卷第二號》。

十一月

五日，作完短篇小說《陀螺》，後刊於《小說月報》第二十一卷第二號。

十二月

作評介《關於高爾基》，後刊於《中學生》創刊號。這是在日本所寫的最後一篇文章。

冬

生病，神經衰弱，失眠。

是年

茅盾等人譯的《普希庚研究》，由上海生活書店出版。

祖父沈恩培辭世。（祖父去世於一九二八年七月至一九三〇年三月茅盾流亡日本期間是肯定的，但具體在何年何月，尚待調查確定。）

〔重要紀事〕

一月

毛澤東、朱德率領紅四軍從井岡山向贛南進軍，開闢了以瑞金為中心的中

央革命根據地。

沈起予、馮乃超等四十二人在《思想》月刊聯名發表《中國著作者協會宣言》，譴責反動派鉗制言論出版自由。

太陽社在上海創辦《海風週報》，由錢杏邨主編。

二月

國民黨政府頒布《宣傳品審查條例》，實施「黨治文化」，加緊反革命文化「圍剿」，並查封了創造社出版部，通緝該社成員。

三月

第一次蔣桂戰爭爆發。

五月

李宗仁、馮玉祥聯合討蔣。

田漢主編的以戲劇爲主的綜合性刊物《南國月刊》和歐陽予倩主編的《戲劇》月刊在上海創刊。

十一月

陳獨秀繼續堅持錯誤立場，中共中央政治局通過決議開除其出黨。

在地下黨領導下，夏衍、鄭伯奇等組成我國第一個無產階級戲劇團體——上海藝術劇社，首次提出「普羅列塔利亞戲劇」的口號。

主要介紹馬克思主義理論的理論刊物《新思潮》在上海創刊。

十二月

鄧小平、張雲逸等在廣西百色等地舉行起義，後來形成了左右江革命根據地。

中共紅軍第四軍第九次代表大會於福建上杭古田召開（即古田會議），大會根據中央精神，總結了南昌起義以來紅軍建設的經驗，批判了各種錯誤思想，堅持以無產階級思想來建設人民軍隊。會議通過了毛澤東起草的《中國共產黨紅軍第四軍第九次代表大會決議案》（即《關於糾正黨內的錯誤思想》），成爲黨和紅軍建設的綱領性文獻。

是年

魯迅譯蘇聯盧那察爾斯基著《藝術論》和《文藝與批評》兩書先後出版。翌年又譯出普列漢諾夫的《藝術論》。

四、左聯時期

（1930 年～1936 年）

一九三〇年（庚午）三十四歲

二月

一日，作長篇小說《虹》的「跋」。

三月

《魯迅論》、《讀〈吶喊〉》，收入李何林所編《魯迅論》，由北新書局出版。

中旬，應在奈良女子師範學習的一位孔德沚過去的同學錢青女士之邀，赴奈良一遊，參觀了一個神社。回京都後與高喬平（此人在抗日戰爭中在上海當了漢奸，後被人暗殺）遊寶冢（一個大遊藝場），並觀看少女歌舞團的表演。

四月

五日，從日本回上海。為避人耳目，暫住法租界楊賢江家中半個月。當天回景雲里家中，與家人商議今後如何生活，並提出從景雲里搬出，換一個不為人知道的地方。在家中見到了馮雪峰，這是第一次見面。原來茅盾去日本後，馮雪峰就住到茅盾家的三樓。從馮雪峰處知道，不久前成立了左翼作家聯盟。當晚和夫人到隔壁看望了葉聖陶，葉又陪茅盾夫婦拜訪了魯迅。魯迅問了不少有關日本的情況。

不久，拜訪了表叔盧鑑泉，那時他任交通銀行的董事長（或總經理）。嗣後有一段期間常是每週去一次。

下旬，馮乃超（當時任左聯黨團書記）通過楊賢江約茅盾在楊家晤談，介紹茅盾加入左聯。加入左聯後不久，於本月底參加了為紀念「五一」而召開的一次左聯全體會議，地點在福州路的一幢大廈裡。

從日本回來後眼疾、胃病、神經衰弱嚴重，遵醫囑，在家休息。在這段時間，常與朋友、同鄉故舊來往，中間有搞實際工作的革命者、自由主義者、企業家、公務員、商人、銀行家，「從他們那裡，我聽了很多。向來對社會現象，僅看到一個輪廓的我，現在看得更清楚一點了。」（《〈子夜〉是怎樣寫成的》，載一九三九年六月一日《新疆日報》副刊《綠洲》）對這些社會生活的深入接觸了解，為他翌年開始創作長篇小說《子夜》積累了豐富的素材。

五月

《蝕》（《幻滅》、《動搖》、《追求》）和單行本《追求》，分別改由上海開明書店出版。

中旬，全家從景雲里搬至公共租界靜安寺的東面某處，戶主仍用去日本的假名方保宗。居住至七月中旬。

搬家後不久，徐志摩帶了Ａ·史沫特萊女士去看茅盾。史沫特萊當時是德國《法蘭克福匯報》駐北平記者，剛從北平來。這次她要徐介紹認識茅盾，並希望送給她一本《蝕》。茅盾將《蝕》送給她，並在扉頁上簽了名。

二十三日，在新居中為自己翻譯的舊俄丹青科的小說《文憑》寫了前言《關於作者》，附於七月一日在《婦女雜誌》發表的《文憑》之後。這是茅盾回國後寫的第一篇文章。

月底，參加了另一次左聯的全體會議，是為紀念「五卅」召開的，魯迅與會並講了話。在這次會上認識了胡也頻。開會的地點在跑馬廳對面一座大廈三樓上。

六月

評論《近代文學的反流——愛爾蘭的新文學》，刊於《東方雜誌》第十七卷第六、七號。

七月

雜論《青年苦悶的分析》，刊於《中學生》第七號。

翻譯《文憑》（俄國丹青科）連載於《婦女雜誌》第十六卷第七至十一號。

中旬，因房租太貴，又從靜安寺附近搬到愚園路口樹德里的一家石庫門內的三樓廂房。為減少房租開支，母親決定回烏鎮去。母親遷居烏鎮後每年必來上海過多，茅盾因此每年也至少要回鄉一次，或者接母親來上海，或者送母親回烏鎮，每次在家鄉約住一週至十天左右。

八月

瞿秋白夫婦從莫斯科回到上海，用暗號寫信給開明書店轉茅盾，並留了地址，茅盾夫婦拜訪了他，互相談了各自在日本和蘇聯的情況，瞿向茅盾介紹了當時的革命形勢，並支持他寫小說。

十日，寫完短篇小說《豹子頭林沖》，刊於《小說月報》第二十一卷第八號。

九月

歷史短篇小說《石碣》，刊於《小說月報》第二十一卷第九號。

十月

六日，作短篇小說《大澤鄉》，刊於《小說月報》第二十一卷第十號。

專著《西洋文學通論》（附「例言」）、《希臘文學ABC》（附「例言」）和《北歐神話ABC》（附「例言」）先後（八、九、十月）由世界書局出版。

十一月

開始創作中篇小說《路》，但「未及一半，即因痧眼老病大發，幾乎盲了一目，醫治了三個月，這才痊癒，故此篇後半，是在一九三一年春續成的。」（《〈路〉第一版校後記》）

冬

把母親從烏鎮接到上海來過多。沈澤民及其夫人張琴秋到茅盾家來過幾次。沈澤民一九二六年去蘇聯，本年九、十月間回國，暫在中央宣傳部工作。

是年

開始寫《子夜》的詳細大綱。

購買上海埽葉山房1928年發行的《說文通訓定聲》一套，共十六冊二十一卷。閱讀時，在各卷上作了眉批（大多用鋼筆少數用毛筆書寫）。

〔**重要紀事**〕

一月

魯迅主編《萌芽》月刊和蔣光慈、錢杏邨主編的《拓荒者》月刊先後在上

海創刊，介紹刊登蘇聯文學、馬克思主義文藝理論和革命文學作品等。左聯成立後都成了左聯機關刊物。

二月

在黨的領導支持下，上海進步文化界成立中國自由運動大同盟，由魯迅、郁達夫、田漢等五十一人發起。

魯迅主編的專刊文藝理論的《文藝研究》季刊在上海創刊。

三月

二日，中國左翼作家聯盟成立於上海，最初加入的有五十餘人，馮乃超、馮雪峰、陽翰笙、周揚等先後任左聯黨團書記。

由藝術劇社等七個劇團組成上海劇團聯合會，這是我國戲劇工作者在黨的領導下的第一個統一戰線組織。八月改爲中國左翼劇團聯盟。

國民黨浙江省黨部下令通緝魯迅，魯迅離寓暫避。

四至十一月

蔣介石、閻錫山、馮玉祥之間發生軍閥大混戰，十一月初以蔣介石集團得勝而告終。

六月

在李立三主持下，中共中央政治局會議通過了《新的革命高潮與一省或幾省的首先勝利》的決議，使「左」傾冒險主義錯誤再次在黨中央占了統治地位，至九月六屆三中全會時得到糾正。

陳立夫、陳果夫指使王平陵、朱應鵬等成立法西斯文學團體，發起所謂「民族主義文學運動」，攻擊無產階級革命文學。他們在上海創辦《前鋒月刊》，在南京創辦《文藝月刊》，在重慶創辦《文藝月報》等反動刊物。

七月

黨領導的中國左翼文化總同盟（簡稱「文總」）在上海成立。它由左聯、社會科學家同盟等組成，成立後，領導並發展了當時的中國文化運動。

由國民黨中宣部主辦，反動文人王平陵、鍾天心等把持的中國文藝社在南京成立，鼓吹三民主義文藝。

九月

左聯爲魯迅五十壽辰舉行慶祝活動。

十二月

蔣介石糾集十萬兵力，向中央革命根據地發動第一次軍事「圍剿」，不久被粉碎。

是年

左聯在魯迅、瞿秋白共同領導下開始展開文藝大眾化的討論，一九三一年秋再次展開討論，一九三四年上半年進行了第三次討論。國民黨反動派加緊文化「圍剿」，八月間查禁《萌芽》、《拓荒者》等左翼刊物；九月底簽發「取締」左聯、自由運動大同盟、中國革命互濟會等組織並通緝魯迅等人的命令；十二月頒布《國民政府之出版法》，限制、查禁進步報紙、書刊的出版，封閉進步書店，逮捕暗殺革命文藝工作者。

一九三一年（辛未）三十五歲

一月

評論《勃留梭夫評傳》，刊於《婦女雜誌》第十七卷第一號——新年特大號。散文《我的中學生時代及其後》，刊於《中學生》第十一期。雜論《問題是原封不動地擱著》和《當我們有了小孩時》，同刊於《婦女雜誌》第十七卷第一號。

翻譯《雷哀·錫耳維埃》（俄國勃留梭夫），刊於《婦女雜誌》第十七卷第一、三號。

二月

八日，續完小說《路》的創作，交《教育雜誌》社。但該社遲遲不登，拖至翌年「一·二八」事變中，稿子全部毀於日本炮火。幸而作者留有底稿，後交光華書局於一九三二年六月初版。

作《〈宿莽〉弁言》。

三月

十六日，作《致文學青年》，後刊於《中學生》第十五號。

四月

左聯機關刊物《前哨》創刊（正式發行於七月），與魯迅、馮雪峰任該刊編輯。在籌備過程中發生了柔石等五位青年作家慘遭殺害事件，於是臨時把第一期改為「紀念戰死者專號」，內容有魯迅、茅盾等參與起草的《中國左

翼作家聯盟爲國民黨屠殺大批革命作家宣言》和《爲國民黨屠殺同志致各國革命文學和文化團體及一切爲人類進步而工作的著作家思想家書》等，前文由魯迅起草，由茅盾和史沫特萊譯成英文。兩文向國外控訴了國民黨反動派的罪行。從而，「從國外傳來了第一聲抗議。五十多個美國的主要作家，一致抗議對中國作家的屠殺。」（史沫特萊：《記魯迅》)《前哨》雖是秘密發行，但遭國民黨嚴加查禁，所以從第二期起改名爲《文學導報》，繼續出版。

下旬，沈澤民夫婦要去鄂豫皖蘇區，到茅盾家來辭行，談到瞿秋白的情況和新住址。第二天茅盾夫婦就去看望了瞿秋白夫婦，不久又去了一次，兩次都談了創作《子夜》的情況。瞿秋白看了已草成的四章原稿和各章大綱，提了一些修改意見，介紹了當時紅軍及各蘇區的發展情況，解釋了黨的政策。第二次（一個星期日）去時，談了一個下午，晚飯時瞿秋白正好接到黨組織被破壞要他轉移的通知，於是就到茅盾家（愚園路樹德里）暫避，楊之華怕太擠於主人不便，只住了一夜，第二天就轉住別處，瞿秋白住了一兩個星期，天天與茅盾談《子夜》。瞿有些建議很好，如把吳蓀甫、趙伯韜兩大集團最後握手言和的結尾，改爲一勝一敗，茅盾就採納了。此外，兩人也談到了當時左聯的活動情況。瞿秋白問到了魯迅，他還沒有和魯迅見過面，茅盾表示在方便的時候和他同去拜訪魯迅。五月初的某天，馮雪峰送剛印好的《前哨》來，原來他也沒見過瞿秋白，茅盾就給他們作了介紹。茅盾鑑於自己家不太安全，就和馮雪峰商量另替瞿秋白夫婦找一個可靠住處，最後瞿秋白夫婦就搬到了馮雪峰介紹的南市謝旦如家中去了。

五月

小說散文集《宿莽》，由上海大江書舖出版，其中收入《色盲》、《泥濘》、《陀螺》、《大澤鄉》、《石碣》和《豹子頭林沖》等六個短篇小說，《叩門》、《賣豆腐的哨子》、《霧》、《虹》、《紅葉》、《速寫一》和《速寫二》等七篇散文，均係一九二九年至一九三〇年所作。書前附有作者的「弁言」。

下旬，馮雪峰來晤，請茅盾擔任左聯的行政書記。茅盾謙辭不成，終於接受。不久，瞿秋白參加了左聯的領導工作，約茅盾晤談，提出了改進左聯工作的一些意見，包括繼續辦好《前哨》，作爲左聯的理論指導刊物，另外再辦一個文學刊物，專登創作；要對五四以來的新文學運動和一九二八年以來的普羅文學運動進行研究和總結，並建議茅盾作爲左聯行政書記帶

頭先寫一兩篇文章。茅盾據此與魯迅、馮雪峰研究了兩次，《前哨》既已遭禁，決定改名《文學導報》繼續出版，專登文藝理論文章；又決定再辦一個以刊載文學作品爲主的大型文學刊物，並公開發行。這就是由丁玲主編的《北斗》，這是左聯爲擴大左翼文藝運動，團結左聯以外進步作家而辦的第一個刊物。

六月

開始創作中篇小說《三人行》，至同年十一月完成，連載於《中學生》第十六至二十號。同年十二月由上海開明書店初版。茅盾在《〈茅盾選集〉自序》中談到這部小說的創作動機，指出：「《三人行》（也是一個中篇）就在認識了這樣的錯誤（即大革命失敗後作者所產生的低落、消極情緒對創作的影響——筆者）而且打算補救這過去的錯誤這樣的動機之下，有意地寫作的。」他還對這部小說由於缺乏生活基礎而造成的人物概念化作了自我批評，總結了經驗教訓，體會到：「徒有革命的立場而缺乏鬥爭的生活，不能有成功的作品」。瞿秋白在讀了《三人行》後對茅盾說：「孔子說，三人行必有我師，而你這《三人行》是無我師焉。」（見茅盾：《我走過的道路·「左聯」前期》）

七月

評論《戰爭小說論》，刊於《文藝新聞》第十九號。

八月

《「五四」運動的檢討——馬克思主義文藝理論研究會報告》，刊於《文學導報》第一卷第二期。

十四日，作《關於「創作」》，後刊於《北斗》創刊號（九月）。

上述這兩篇文章是根據當時擔任著左聯領導工作的瞿秋白的建議寫的。前者著重談了五四至「五卅」這段時期文學運動的情況，後者除了也論述到五四新文學外，還著重分析了「五卅」以後至一九二八年普羅文學提倡的這一期間的文學。兩文總結了五四以來新文學的發展情況和存在問題，指出了「爲藝術的藝術」和「爲人生的藝術」的局限性，也指出了某些普羅文學創導者的「左」傾幼稚病和在文學創作上的概念化，內容與形式相脫離的傾向。但是兩文都認爲五四新文學運動是資產階級性質的，因此「有著貶低『五四』新文學運動成果的缺點」。同時，《關於「創作」》一文，「對

於普羅文學的評論，則針砭有餘而肯定其歷史功績不足。」（茅盾：《我走過的道路·「左聯」前期》）

九月

評論《「民族主義文藝」的現形》，刊於《文學導報》第一卷第四期。該文對「民族主義文學」進行了揭露與抨擊。它尖銳地指出：「國民黨維持其反動政權的手段，向來是兩方面的：殘酷的白色恐怖與無恥的麻醉欺騙……這所謂『民族主義文藝運動』，便是國民黨對於普羅文藝運動的白色恐怖以外的欺騙麻醉的方策。」

評論《〈黃人之血〉及其他》，刊於《文學導報》第一卷第五期。

十月

月初，經過長時間醞釀、準備，開始創作長篇小說《子夜》，為集中精力寫作，向馮雪峰提出辭去左聯行政書記職務，未果，只允許請長假，以便能參加一些重要會議。茅盾只好同意。因此參加了左聯十一月決議（《中國無產階級革命文學的新任務》）的草擬工作，年底作了左聯一九三一年年度總結報告。

十五日下午，應馮雪峰要求，與馮一起去魯迅家，談了請長假寫小說的事，以及左聯的一些工作。魯迅十分贊同茅盾從雜務中解脫出來專寫小說。魯迅還詢問了毛澤東、朱德情況，茅盾介紹了一九二六年春在廣州與毛澤東共事的經歷。

短篇小說《喜劇》，刊於《北斗》第一卷第二期。

評論《評所謂「文藝救國」的新現象》，刊於《文學導報》第一卷第六、七期合刊。

十一月

評論《中國蘇維埃革命與普羅文學之建設》，刊於《文學導報》第一卷第八期。該文針對當時流行的「普羅文學」口號，強調用「正確而健全的普羅列塔利亞意識」（即無產階級思想——筆者）來指導無產階級文學的創作，反對口頭上的所謂「普羅文學」，實質「只是小資產階級浪漫的革命情緒的作品」。

是年

曾通過瞿秋白要求恢復黨的組織生活，沒有得到黨的「左」傾領導的答覆。

〔重要紀事〕

一月

左翼青年作家柔石、胡也頻、殷夫、李偉森、馮鏗被國民黨逮捕，二月七日遭秘密殺害。

中共六屆四中全會在上海召開，王明取得黨中央的領導權，使「左」傾冒險主義又一次統治了黨中央，歷時四年之久。

三月

左聯外圍刊物《文藝新聞》創刊，披露了五位青年作家被害消息。

四月

蔣介石糾集二十萬兵力向中央革命根據地發動第二次軍事「圍剿」，五月被粉碎。

五月

汪精衛等在廣州成立以日本帝國主義為靠山的「國民政府」，與以英美為靠山的南京「國民政府」相對立。

瞿秋白參加左聯的領導工作。

七月

蔣介石糾集三十萬兵力向中央革命根據地發動第三次軍事「圍剿」，九月被粉碎。

九月

以博古為首的中共臨時中央政治局在上海成立。

丁玲主編的左聯刊物《北斗》創刊。

十八日，日本帝國主義侵佔瀋陽，「九·一八」事變爆發。蔣介石命令東北各地守軍絕對不得抵抗，結果日軍在短短三個月內即佔領了我國東北全境。

二十二日，中共中央發表宣言，號召群眾抗日救國。

二十六日，左聯發表「告國際無產階級及勞動民眾的文化組織書」，抗議日本帝國主義侵略暴行，呼籲革命人民奮起抗日。

十月

各地學生赴南京請願，要求蔣介石抗日，上海八十多萬工人組織抗日救國聯合會。

國民黨反動派查禁二百二十八種書刊，同時又頒布《出版法施行細則二十五條》，繼續加緊反革命文化「圍剿」。

十一月

第一次中華蘇維埃共和國工農兵代表大會在江西瑞金召開，宣告中華蘇維埃共和國臨時中央政府的成立，毛澤東當選為中華蘇維埃共和國主席。

左聯執委會作出《中國無產階級革命文學的新任務》的決議，分析了國內外形勢，提出了新時期文藝運動的任務，要求加強文學領域反帝、反封建、反國民黨反動派的鬥爭，注重反映現實社會生活，擴大無產階級文學在工農中的影響。

十二月

夏丏尊、周建人、胡愈之、丁玲等二十餘人集會，發起組織上海文化界反帝抗日聯盟。

自稱為「自由人」的胡秋原等創刊《文化評論》，鼓吹文藝的所謂「自由」，反對無產階級革命文學。蘇汶打著「第三種人」的招牌，攻擊左翼文壇是「目前主義的功利論」。

是年

惲代英在上海，鄧演達在南京，先後遭蔣介石殺戮。

一九三二年（壬申）三十六歲

一月

長篇小說《子夜》原擬從本月起連載於《小說月報》，後因「一·二八」事變爆發，商務印書館遭敵機炸毀，《小說月報》被迫停刊而未果。已印於第二十三卷新年號《小說月報》上的以《夕陽》為題的《子夜》第一章，未及發行即毀於炮火。

評論《創作不振之原因及其出路——致編輯》，刊於《北斗》第二卷第一期。

雜論《貢獻給今日的青年》，刊於《中學生》第二十一期。

與魯迅等七人撰寫《高爾基的四十年創作生活》，發表於《文化月報》創刊號。

二月

三日，與魯迅等四十三人簽署發表《上海文化界告世界書》，刊於《文藝新

聞》戰時特刊《烽火》第二期以及《申報》等報刊。

七日，與魯迅等一百二十九名愛國人士簽名發表《爲抗議日軍進攻上海屠殺民眾宣言》。

二十九日，作短篇小說《小巫》，後刊於《讀書雜誌》第二卷第六期。

四月

二十二日，作評論《我們所必須創造的文藝作品》，後刊於《北斗》第二卷第二期。該文再一次提到了革命現實主義創作方法問題：「文藝家的任務不僅在分析現實，描寫現實，而尤重在於分析現實描寫現實中指示了未來的途徑。所以文藝作品不僅是一面鏡子——反映生活，而須是一把斧頭——創造生活」。作者並強調文藝創作要爲反帝鬥爭服務，認爲作家一方面要揭露帝國主義侵略的「國際陰謀」，另一方面要「喚起民眾」，進一步投入「反帝國主義的民族革命運動」。

二十四日，爲華漢（陽翰笙）的《地泉》再版作序——《〈地泉〉讀後感》，後附於七月二十五日上海湖風書局出版的《地泉》。文章著重談了對一九二八至一九三○年的創作的看法，認爲這時期的創作「現在差不多公認是失敗。概要地說，其所以失敗的根因，不外乎（一）缺乏對社會現象全面的非片面的認識，（二）缺乏感情地去影響讀者的藝術手腕。」

五月

送母親回烏鎮。回上海後，根據這次回鄉見聞寫成《故鄉雜記》（其中包括：第一、一封信；第二、內河小火輪；第三、半個月的印象），後分別刊於《現代》月刊第一卷第二、三、四期。這次回鄉也促使茅盾寫成了《林家舖子》。

雜論《「五四」談話》，刊於《中學生》第二十四期。《「五四」與民族革命文學》，刊於《文藝新聞》第五十三號。

六月

中篇小說《路》由上海光華書店出版，書中有四月十八日寫的「校後記」。該小說一九三五年十二月由上海文化生活出版社重排出版，作者略作修改並寫了「改版後記」，附於卷末。

《子夜》中的一章《火山上》和《我的小傳》，刊於《文學月報》第一卷第一期。

評介《高爾基》，刊於《中學生》第二十五號。

十八日，寫完第一部描寫鄉鎮的短篇小說《林家舖子》，後刊於《申報月刊》第一卷第一期。作者說，這是「我描寫鄉村生活的第一次嘗試」。(《〈春蠶〉跋》)《林家舖子》是應《申報月刊》主編俞頌華之約為《申報月刊》創刊號寫的。小說原名《倒閉》，但俞頌華認為創刊號上就登《倒閉》將被《申報》老板認為不吉利，提請改為《林家舖子》，茅盾同意。

七月

六日，作散文《熱與冷》，刊於《現代》第一卷第五期。

《子夜》中的一章《騷動》、記述「一・二八」事變的散文《第二天》、評論《問題中的大眾文藝》（署名「止敬」），同時刊於《文學月報》第一卷第二期。

《問題中的大眾文藝》是針對《文學月報》創刊號（六月）上宋陽（即瞿秋白）的《大眾文藝的問題》一文的。一九三○年左聯成立伊始即提出了文藝大眾化的口號，並成立了文藝大眾化研究會，組織了文藝大眾化問題的座談、討論。一九三一年十一月，左聯執委會作出了《中國無產階級革命文學的新任務》的決議，把文藝的大眾化作為無產階級革命文學的一項新任務加以對待。接著，文藝界進一步展開了對這一問題的討論。宋陽的文章對大眾文藝的內容、語言、形式、創作方法，以及當時的具體任務等等，都做了比較詳細的闡述，提出了許多寶貴的意見，但其中對語言問題，既反對社會上流行的古文，又反對「五四」式的「新文言」——五四後通行的白話。它說：「五四式的新文言（所謂白話）的文學，只是替歐化的紳商換換胃口的魚翅酒席，勞動民眾是沒有福氣吃的。」它主張發動一次「新的文學革命」，採用「新興階級」正在產生的「中國的普通話」來寫。茅盾的文章則提出了不同意見，它指出，「現代中國普通話」是並不存在的，目前「還不能不用通行的『白話』——宋陽先生所謂『新文言』」。同時它認為，大眾文藝既是文藝，所以「在讀得出聽得懂的起碼條件而外」，還必須「使聽者或讀者感動」。這感動的力量不在文字，而在靠文字所運用的「描寫的手法」。該文發表後，宋陽又在《文學月報》第三期發表了《再論大眾文藝答止敬》，進行爭辯。

十日，與魯迅、柳亞子、陳望道、郁達夫等三十二人聯名電國民黨當局，要求釋放被捕的國際革命組織之一——泛太平洋產業同盟的秘書牛蘭及其夫人。

八月

祖母去世，偕夫人孔德沚攜兩個孩子赴烏鎮奔喪。這次回鄉耳濡目染，加深了對蠶農倍受剝削、日益貧困的感受，後來成了十一月份創作《春蠶》的素材。

九月

與魯迅、曹靖華等七人聯名致電祝賀高爾基創作生活四十年。

八日，寫完短篇小說《右第二章》，後刊於《東方雜誌》第四、五號。

十八日，作政論《九一八週年》，後刊於《文學月報》第一卷第三號。該文徹底揭露了國民黨「攘外必先安內」的反動政策。

翻譯小說《文憑》（俄丹青科）由上海現代書局出版，內附譯者《關於作者》一文。《談談翻譯——〈文憑〉譯後記》，刊於《現代出版界》第四期。

十月

《東方雜誌》復刊，由胡愈之任主編，成為宣傳進步思想的陣地。茅盾積極支持，從本月至一九三三年三月底胡愈之被排擠出商務印書館前，共給該雜誌寫了九篇文章。

十一月

應胡愈之之約，為一九三三年一月《東方雜誌》新年特大號寫新年徵文兩則——一是《夢想的中國》，一是《夢想的個人生活》，共一百字。

一日，作短篇小說《春蠶》，刊於《現代》第二卷第一期（創作增大號）。

八日，作散文《冥屋》和《秋的公園》，同刊於《東方雜誌》第二十九卷第八號；二十六日，作散文《光明到來的時候》，後刊於《中學生》第三十一號。

二十八日，作評論《我們這文壇》，後刊於《東方雜誌》第三十卷第一號。

十二月

國民黨政府與蘇聯復交。茅盾與魯迅、柳亞子、周起應、沈端先、胡愈之、陳望道等五十五人簽署《中國著名作家為中蘇復交致蘇聯電》，刊於《文學月報》第一卷第五、六期合刊。

五日，小說《子夜》全部脫稿。一九三三年二月由開明書店出版（到四月才公開發行），附有作者「後記」。此書動筆於一九三一年十月，起迄共歷

一年又兩個月，但「其間因病，因事，因上海戰事，因天熱，作而復輟者，綜計亦有八個月之多。」（《子夜・後記》）小說創作前曾擬定詳細提綱，動筆後一氣呵成，只在底稿某些地方作過小的改動。從底稿上可看出，《子夜》在正式付梓前，曾擬過諸如「夕陽」、「燎原」、「野火」等好幾個書名。關於《子夜》創作的時代背景，包括以下幾個方面：（1）一九三〇年春，世界經濟危機波及上海，帝國主義經濟加緊了對中國民族工業的壓迫；當時南北新軍閥大戰方酣，「農村經濟破產和農民暴動又加深了民族工業的恐慌」。（2）中國民族資本「為了轉嫁本身的危機，更加緊了對工人階級的剝削」，「引起了強烈的工人的反抗」。（3）當時國內正在進行有關「中國社會性質論戰」，托派認為中國正在走向資本主義道路，作者要回答托派一個問題：「中國並沒有走向資本主義發展的道路，中國在帝國主義的壓迫下，是更加殖民地化了。」（茅盾：《〈子夜〉是怎樣寫成的》）作者試圖通過《子夜》的藝術處理，把一九三〇年動盪的中國作一個全面的表現。

《子夜》是茅盾的代表作，是革命現實主義的傑作，是中國現代文學史上長篇小說創作的里程碑。小說出版後，引起了國內外進步文藝界和廣大讀者的普遍重視。在該書出版後的兩年內，魯迅在日記、書信和文章裡，曾四次提到它。魯迅在二月九日致曹靖華的信中說：「國內文壇除我們仍受壓迫及反對者趁勢活動外，亦無甚新局。但我們這面，亦頗有新作家出現；茅盾作一小說曰《子夜》（此書將來當寄上），計三十餘萬字，是他們所不能及的。」（《魯迅書信書》（上卷）第三五二頁）瞿秋白贊譽說：「這是中國第一部寫實主義的成功的長篇小說。」「一九三三年在將來的文學史上，沒有疑問的要記錄《子夜》的出版。」（《瞿秋白文集（一）・〈子夜〉和國貨年》）

《子夜》的出版，在社會上也引起轟動。據第一卷第二號《文學雜誌》的《文壇消息》報導：《子夜》為暢銷書，受到廣大讀者歡迎。在讀者中曾組織過《子夜會》，就該書進行座談討論。僅在本年，已知的公開評論《子夜》的文章就有十五篇，《子夜》出版後三個月內，重版四次；初版三千冊，重版各為五千。

《子夜》之所以有這樣大的成就和影響，主要是由於：它深刻真實地揭示了三十年代初中國社會的重大矛盾和鬥爭，以相當的廣度和深度展示出當時的生活畫卷；它構思巧妙，情節結構恢宏精深，錯綜複雜，變化多端，

但又緊湊集中、涇渭分明；它描繪的形象生動，全書九十多個人物，許多都具有鮮明的性格；它的語言練達、俏逸，富有形象性。尤值一提的是，《子夜》通過藝術描繪，深邃、有力地反映了作者對三十年代初中國重大社會思潮的科學立場態度。在社會上，以離黨後陳獨秀為代表的取消派，認為中國社會應由資產階級領導，走資本主義道路，反對開展反帝反封建反官僚買辦的武裝鬥爭。小說以民族資本吳蓀甫為買辦資本趙伯韜的反覆較量，以吳蓀甫失敗告終，生動形象地回答了取消派的錯誤觀點。在黨內，先後出現了李立三、王明的左傾路線，主張中國革命不斷掀起高潮，直接進攻中心城市，由城市奪取政權。《子夜》描寫了地下黨員克佐甫、蔡真在罷工事件上的左傾言行，實際上隱含了對上述黨內左傾錯誤的批判。這些正是作者站在關切國家民族前途命運的高度，用形象思維揮發的非同凡響的筆觸和獨標異彩的藝術火花。《子夜》的成功體現了茅盾的生活經驗、閱歷的豐富和政治思想、藝術修養、創作技巧的成熟。

一日、十二日，先後作雜論《公墓》和《健美》，同刊於《東方雜誌》第三十卷第二號。雜論《「自殺」與「被殺」》，刊於《申報·自由談》（二十七日）。

九日、十八日，先後作評論《「連環圖畫小說」》和《〈法律外的航線〉讀後感》，同刊於《文學月報》第一卷第五、六期合刊。

《法律外的航線》是沙汀的第一部短篇小說集，包括十二個短篇，其中的《碼頭上》等兩篇稿件曾由《文學月報》的主編周揚先拿給茅盾審定過，茅盾在退回《碼頭上》時附了一張字條，「大意是：寫得還可以，看得出作者是有才華的，小說可以發表。不過結尾的寫法我不喜歡。」（茅盾：《我走過的道路·文藝大眾化的討論及其它》）茅盾在這篇評介裡，除了肯定沙汀的這些小說遵循現實主義傳統，不「蹈襲」公式、套套，有自己的風格外，還借題對「革命文學」創作中的公式化殘餘提出了批評。

十三日，作評論《封建的小市民文藝》，後刊於《東方雜誌》第三十卷第三號；二十五日，作評論《徐志摩論》，後刊於《現代》第二卷第四期。這是茅盾寫的第三篇作家論，也是從日本回國後寫的第一篇。

二十二日，作《〈茅盾自選集〉後記》。

本月，作《〈子夜〉後記》。作《我的回顧》，後作為一九三三年四月出版的《茅盾自選集》的序。該文是對自己一九二七年九月以來五年創作的第一

次總結。文中強調了創作的出發點——爲人生、爲社會，創作的源泉——
廣闊的生活經驗，以及掌握馬克思主義理論對正確反映現實的指導意義。
該文後收入《創作的經驗》一書。

是年

妻舅孔另境在天津被誣告坐牢後解至北平，夫人讓茅盾求魯迅託人營救。
年底被保釋出獄後來上海，在某私立中學找到一份工作，有時，茅盾讓他
臨時當個幫手；在茅盾後來編輯《中國的一日》時，就讓他幫著處理大量
來稿。

〔重要紀事〕

一月

二十八日，日本帝國主義侵犯上海，「一·二八」事變爆發。五月五日，國
民黨政府代表與日本簽訂屈辱性的《淞滬停戰協定》。

上海人民成立上海各界民眾反日救國聯合會。左聯派代表參加，並派遣作
家深入前線，進行宣傳活動。

三月

日本扶植的僞「滿洲國」在東北宣告成立，由傀儡溥儀「執政」，改長春爲
「新京」。

蔣介石建立法西斯組織復興社。

四月

二十六日，中華蘇維埃臨時中央政府發布《對日宣戰通電》。

左聯的理論性機關刊物《文學》半月刊創刊，僅出一期即遭查禁。

六月

蔣介石糾集六十三萬兵力向中央革命根據地發動第四次軍事「圍剿」，翌年
三月被粉碎。

左聯機關刊物《文學月報》在上海創刊，理論、創作和翻譯並重。先由姚
蓬子主編，第三期起由周揚主編。

七月

在馮雪峰等人的安排下，到上海養傷的鄂豫皖紅四方面軍將領陳賡，應魯
迅之請到寓，介紹了紅軍反「圍剿」的英勇業績。

九月

林語堂、周作人等在上海創辦《論語》半月刊，提倡「幽默」與「閒適」
的小品文。

十一月

國民黨加緊文化「圍剿」，由國民黨中央宣傳部公布《宣傳品審查標準》，
把凡是宣傳共產主義，表露對國民黨統治不滿，要求抗日的，一律視為「反
動」，嚴予禁止。

中國左翼文化總同盟機關刊物《文化月報》在上海創刊，僅出一期即遭查
禁。

十二月

蔡元培、宋慶齡、魯迅、楊銓等發起組織「中國民權保障同盟」，並發表宣
言，要求釋放政治犯，廢除非法拘禁和酷刑，爭取人民的民主權利。

是年

蘇共中央決定解散「拉普」，成立全蘇作家同盟。全蘇作家同盟組織委員會
召開第一次大會，批判「拉普」的「唯物辯證法的創作方法」，提出社會主
義現實主義的創作方法。

一九三三年（癸酉）三十七歲

一月

作短篇小說《秋收》，後刊於《申報月刊》第二卷第四、五期。

雜論《新年的夢想——夢想的中國，夢想的個人生活》和《緊抓住現在》，
同刊於《東方雜誌》第三十卷第一號；《血戰後一週年》和《最近出版界大
活躍》，先後刊於《申報·自由談》（二十三、二十五日）。

二月

三日，與夫人攜男孩訪魯迅家，贈魯迅《子夜》（平裝本）一冊。應魯迅
要求，當即在扉頁上寫了「魯迅先生指正，茅盾　一九三三年二月三日。」
魯迅讓茅盾參觀了他專門收藏別人贈送的書的書櫃。還和魯迅交談了《申
報·自由談》上的問題，兩人都同意常給《自由談》寫雜文，支持黎烈
文。《自由談》原是鴛鴦蝴蝶派的園地，一九三二年十二月黎烈文任主編，
作了革新，開始登魯迅、茅盾等革命作家的文章，成為左翼文藝運動的一

塊戰鬥陣地。本年一月三十日革新後的《自由談》在《編輯室讀者書》中指出：「編者為使本刊更為充實起見，近來約了兩位文壇老將何家乾先生和玄先生為本刊撰稿，希望讀者，不要因為名字生疏的緣故，錯過『奇文共賞』的機會！」這何家乾、玄先生便是魯迅和茅盾的筆名之一。從一九三二年十二月二十七日刊出第一篇文章至一九三四年十一月，茅盾在這個副刊發表的雜文短論共達六十二篇，其中前期的文章大部分都收入了天馬書店一九三三年七月出版的《茅盾散文集》中。

短篇小說《殘冬》、《神的滅亡》，刊於《東方雜誌》第三十卷第四號。

短論《神怪野獸影片》和《關於蕭伯納》，先後刊於《申報·自由談》（十二、十八日）。

雜論《新年的新夢》、《讀〈詞的解放運動專號〉後恭感》、《歡迎古物》、《驚人發展》、《「回去告訴你媽媽」》和《把握住幾個重要的問題》，先後刊於《申報·自由談》（一、七、九、十五、十九、二十四日）。雜論《「抵抗」與「反攻」》和《現代的——》，分別刊於《中學生》第三十二期、《東方雜誌》第三十卷第三號。

三月

雜論《阿Q相》和評論《〈狂流〉與〈城市之夜〉》，先後刊於《申報·自由談》（一日、二十四日）。三日，作雜論《灰色人生》，後刊於《東方雜誌》第三十卷第十三號。

雜論《「陽秋」答「陽春」》、《學生》、《何必「解放」》、《哀湯玉麟》、《致胡懷琛信》、《關於救國》、《反攻》和《「回到農村去！」》，先後刊於《申報·自由談》（一、四、十、十一、十六、十七、十八、二十五日）。

散文《老鄉紳》，刊於《論語》半月刊第十三期。

四月

經魯迅介紹，自愚園路口樹德里遷居至施高塔路大陸新村三弄九號，在此住了兩年多。房票上用的是沈明甫的化名。魯迅寓大陸新村一弄九號，在此期間，與魯迅過往甚密。

十四日，拜訪魯迅，兼賀喬遷（從北四川路遷至大陸新村一弄九號）之喜。

短論《機械的頌讚》和散文《在公園裡》，同刊於《申報月刊》第二卷第四期。雜論《玉腿酥胸以外》刊於《申報·自由談》（二十八日）。雜論《時

髦病》和《再談「回到農村去！」》，先後刊於《申報・自由談》（二十五、
三十日）。

《茅盾自選集》由上海天馬書店出版。

五月

一日，作《幾句舊話》，收入六月天馬書店出版的《創作的經驗》。

與魯迅、陳望道等聯名簽署《爲橫死之小林遺族募捐啓》，載北平左聯刊物
《文學雜誌》第二期（小林係日本革命作家、共產黨員小林多喜二，他於
一九三三年二月被日本反動派迫害致死）。

散文《春來了》，刊於《良友》圖畫雜誌第七十六期。

《關於「文學研究會」》，刊於《現代》第三卷第一期。短論《讀了田漢的戲
曲》、《「給他們看什麼好呢？」》和《孩子們要求新鮮》，先後刊於《申報・
自由談》（七、十一、十六日）。《都市文學》和《「作家和批評家」》同刊於
《申報月刊》第二卷第五期。

雜論《論洋八股》和《也算是「現代史」罷》，先後刊於《申報・自由談》
（一、十六日）。

短篇小說集《春蠶》，由上海開明書店出版，收入《春蠶》、《秋收》、《小
巫》、《林家舖子》、《右第二章》、《喜劇》、《光明到來的時候》和《神的滅
亡》等八篇，書後有作者寫的「跋」。

六月

散文《速寫》，刊於《正路》月刊創刊號。

《質疑與解答——公債買賣》（關於《子夜》的答疑），刊於《中學生》第
三十六期。該文詳細介紹了證券交易所關於公債買賣的情況，有助於青年
理解《子夜》的有關內容。

雜論《現代青年的迷惘》、《青年們的又一迷惘》和《大減價》，先後刊於《申
報・自由談》（十二、十五、二十三日）。

短論《論兒童讀物》，刊於《申報・自由談》（十七日）。

評論《女作家丁玲》，刊於伊羅生編的英文《中國論壇》第二卷第七期。丁
玲、潘漢年於五月十四日在上海租界突遭綁架而失蹤，後即傳出丁玲已被
殺害的消息，故作此文以誌紀念。該文後又刊於北平的左聯機關刊物《文
藝月報》第一卷第二號。

十九日，訪問魯迅，贈送精裝本《子夜》一冊，在扉頁上題：「魯迅先生指正」。

七月

與鄭振鐸發起的大型文藝刊物《文學》創刊，茅盾名義上是編委，實際上是主要主持人。該刊由茅盾和鄭振鐸於三月下旬開始醞釀。他們覺得《小說月報》停刊（一九三二年初）後缺少一個能長期維持下去的自己的文藝刊物，於是決定創辦《文學》，確定了編委名單（共十人，除茅盾、鄭振鐸外，還包括魯迅、葉聖陶、郁達夫、陳望道、胡愈之、洪深、傅東華、徐調孚等），在四月六日編委聚會時正式通過。主編由鄭振鐸、傅東華擔任，黃源為編校，協助傅工作。鄭振鐸此時在北平燕大任教，傅東華忙於商務印書館的事務，所以《文學》的籌辦工作茅盾不得不多方照應，日常工作則靠黃源（黃源後於一九三五年九月離開《文學》）。傅東華把審定創作稿件、給「社談」欄寫文章和寫作品評論的工作都推給了茅盾。茅盾為創刊號寫的「社談」就有四篇，為第一卷至第三卷的「書報述評」欄作的評介共二十八篇，超過該欄三卷的全部文章（共四十三篇）的半數。

《文學》於一九三七年十一月上海淪陷後停刊，前後持續四年之久，它成了三十年代上海大型文藝刊物中壽命最長、影響最大的一個進步刊物。

短篇小說《當舖前》，刊於《現代》第三卷第三期。

「社談」四篇——《文學家可為而不可為》、《槍刺尖上的文化》、《知識獨占主義》和《新作家與「處女作」》，同刊於《文學》第一卷第一號。

雜論《教科書大傾銷》和《怎樣養成兒童的發表能力》，先後刊於《申報‧自由談》（十四、十九日）。《「雜誌辦人」》，刊於《文學雜誌》第一卷第三、四期合刊。《漢奸》收入《茅盾散文集》。

《茅盾散文集》由上海天馬書店出版，內附作者「自序」。該集包括「文藝隨筆」、「社會隨筆」和「故鄉雜記」三輯，共四十六篇，除《櫻花》、《鄰一》和《鄰二》三篇係一九二九年所作外，其餘都是一九三一至一九三二年的作品。

下旬，全家回烏鎮，參加祖母逝世週年的除靈埋葬儀式。一週後即接傅東華來信，隻身趕回上海，處理因傅東華以伍實的筆名登在《文學》第一卷第二號的文章《休士在中國》引起魯迅的誤會，親到魯迅處登門解釋，並準備代編委起草承認失檢的公開信。

八月

為迎接世界反帝反戰大同盟遠東會議在滬召開（九月三十日），十八日與魯迅等一起發表了《歡迎反戰大會國際代表的宣言》，刊於《反戰新聞》第二期。

十日，作《〈文學〉編委會覆魯迅先生函》，就《休士在中國》一文作出解釋，說明傅東華在發稿截止期前夕匆匆寫成此文，疏忽是有的，決無惡意，並承認編委會同仁共同負有失檢之罪，請魯迅釋然於懷。此文刊於《文學》第一卷第三號。

散文《鄉村雜景》和《陌生人》，同刊於《申報月刊》第二卷第八期。《我的學化學的朋友》，刊於《文學》第一卷第二號。

評論《「九‧一八」以後的反日文學——三部長篇小說》以及「社談」三篇——《文壇往何處去》、《批評家的神通》和《關於〈禾場上〉》，同刊於《文學》第一卷第二號。第一篇評論是對「九‧一八」後三部反映抗日題材的長篇小說（鐵池翰的《齒輪》，林箐的《義勇軍》和李輝英的《萬寶山》）的評介。《關於〈禾場上〉》是對夏征農的小說《禾場上》的評論。

雜論《公債買賣》，刊於《中學生》第三十六期。四日，作《關於連環圖畫致家駿、企霞的信》，刊於《濤聲》第二卷第三十二期副刊《曼陀羅》。

九月

評論《丁玲的〈母親〉》和《幾種純文藝的刊物》（其中介紹了葉紫的小說《豐收》），「社談」三篇——《一個文學青年的夢》、《批評家的種種》和《〈雪地〉的尾巴》，同刊於《文學》第一卷第三號。《〈雪地〉的尾巴》是對周文的短篇小說《雪地》的評論。

《又一個關於「春蠶」的疑問》，刊於《現代》第三卷第五期。

短篇小說《牯嶺之秋——一九二七年大風暴時代一斷片》，連刊於《文學》第一卷第三、五、六號。它以作者自己在一九二七年七月從武漢經九江到牯嶺的親身經歷為背景，反映大革命失敗後一部分知識份子的思想波動、心理變化，以及各自所走的不同道路。原擬寫九章，後減為五章。

十月

散文《我所見的辛亥革命》，刊於《中學生》第三十八期。

評論《從〈怒吼罷，中國！〉說起》，刊於《生活》週刊第八卷第四十期。

短論《一張不正確的照片》,「社談」二篇——《怎樣編製「文藝年鑑」》和《不要太性急》,同刊於《文學》第一卷第四號。前兩文都是批評杜衡編寫的《中國文藝年鑑》的觀點的。

雜論《「雙十」閒話》、《對於「小學生文庫」的希望》、《讀了〈處女和登龍〉以後》和《預言》,先後刊於《申報·自由談》(十、十三、十八、二十七日)。

十一月

評臧克家第一本詩集《烙印》的《一個青年詩人的「烙印」》,「社談」三篇——《文學青年如何修養》、《關於〈達生篇〉》和《傳記文學》,同刊於《文學》第一卷第五號。

雜論《文學家成功秘訣》、《蒲寧與諾貝爾文藝獎》、《不關年齡》和《天才與勇氣》,先後刊於《申報·自由談》(十二、十五、十六、二十日)。

十二月

評論《從「螞蟻爬石像」說起》(收入《話匣子》時改題爲《「螞蟻爬石像」》),刊於《上海法學院季刊》創刊號。評論《王統照的〈山雨〉》,「社談」二篇——《一九三三年諾貝爾文藝獎》(後改題爲《本年的諾貝爾文藝獎金》)和《「木刻連環圖畫故事」》,同刊於《文學》第一卷第六號。

雜論《力的表現》、《批評家辨》和《花與葉》,先後刊於《申報·自由談》(一、十三、十七日)。

上旬,某一天,傅東華來告有人透露可能查禁《文學》事,茅盾讓傅前往打聽。過了兩天,傅來談了國民黨市黨部提出的繼續出版《文學》的條件。市黨部的一個報告並造謠說《文學》已接受不採用左翼作品、印前送審等條件,茅盾爲此向魯迅作了說明。

中旬,與魯迅於某天午後在白俄咖啡館會晤成仿吾、鄭伯奇。成仿吾從鄂豫皖蘇區來滬治病,要魯迅幫助找瞿秋白,並告知沈澤民在鄂豫皖蘇區病故的消息。談完後,與魯迅一起回家,讓孔德沚當晚通知了楊之華。

下旬,瞿秋白奉命去中央蘇區,臨走時向茅盾辭行,對茅盾談起沈澤民的病逝、他與沈澤民的深厚友誼和前年兩人分別時的情況。

〔重要紀事〕

一月

由於王明的「左」傾錯誤，中共臨時中央政治局被迫離開上海，遷往江西中央革命根據地，上海成立中共上海中央局。

二月

中國左翼文化總同盟機關刊物《藝術新聞》週刊在上海創刊。

英國著名劇作家蕭伯納抵上海訪問，會見了宋慶齡、蔡元培和魯迅等。

四月

周揚在《現代》雜誌第四號發表《關於「社會主義的現實主義和革命的浪漫主義」》，這是最早介紹蘇聯的社會主義現實主義創作方法的一篇文章。

五月

在中共的推動和影響下，愛國將領馮玉祥、吉鴻昌、方振武發起成立察綏抗日同盟軍，馮玉祥任總司令。

中國左翼文化總同盟機關刊物《文化新聞》週刊在上海創刊。

左聯作家丁玲被捕，左聯詩人應修人被特務追捕，墜樓犧牲。

三十一日，蔣介石派代表與日本簽訂賣國的「塘沽協定」，承認日本佔領東北三省及熱河的「合法」性，並把察北、冀北大片國土送給日本。

六月

中國民權保障同盟秘書長楊杏佛被蔣介石特務暗殺。

九月

蔣介石在德、意、美等軍事顧問參與策劃下，糾集一百萬兵力向革命根地發動第五次軍事「圍剿」，其中五十萬兵力用於圍攻中央革命根據地。

十一月

國民黨特務接連搗毀藝華影片公司、良友圖書公司、神州國光社等文化單位，散發《警告文化界宣言書》、《鏟除電影赤化宣言》，禁止「宣傳赤化」，並恐嚇說：對於「赤色作家」魯迅、茅盾的作品，「一律不得刊行、登載、發行。如有不遂，我們必以較對付藝華及良友公司更激烈更徹底的手段對付你們，決不寬假！」

李濟深、蔣光鼐、蔡廷鍇等公開宣布反蔣抗日，在福建成立「中華共和國人民革命政府」，並與工農紅軍簽訂了抗日反蔣協定。

一九三四年（甲戌）三十八歲

一月

為研究國民黨對《文學》的檢查、壓迫問題，茅盾發函催鄭振鐸從北平來上海。二十三日和鄭振鐸到傅東華家裡研究了對策，二十五日又與鄭振鐸到魯迅那裡介紹了出版《文學》的新對策，徵求魯迅意見。魯迅表示贊成，但對四期專號（翻譯、創作、弱小民族文學、中國文學研究）能否繼續出下去，表示懷疑。因魯迅自「休士」事件後，對傅東華不滿，茅盾和鄭振鐸又向魯迅講了傅的為人、毛病和政治態度，希望魯迅釋憾，魯迅對此不置可否。

應美國朋友伊羅生（一九三〇年到中國，曾任上海兩家英文報紙記者，後創辦英文刊物《中國論壇》）之約，與魯迅一起幫他選編中國現代進步作家的短篇小說集《草鞋腳》（由伊羅生譯成英譯本），魯迅負責寫序，茅盾擬定選目草稿和左翼文藝期刊介紹，並寫了幾則作者簡介。魯迅和茅盾還各寫了幾百字的本人的《小傳》。自三月伊羅生遷往北平後至八月，伊羅生就該小說集的選編問題，和魯迅、茅盾通過四次信，其中三封覆信是魯迅、茅盾商量後由茅盾起草的。（《草鞋腳》於一九三五年編成，但直到七四年才在美國出版。茅盾於一九七九年才看到本書目錄。最後的選目與最初的選目已有變化，茅盾和魯迅原來推薦的新進作家作品只剩了六篇）。

七日，作短篇小說《賽會》，後刊於《文學》第二卷第二號。

散文《地方印象記——上海》（收入《速寫與隨筆》時改題為《上海》），刊於《中學生》第四十一期；《冬天》，刊於《申報月刊》第三卷第一期。

評論《清華週刊文藝創作專號》、《文學的遺產》和雜論《新年試筆》，同刊於《文學》第二卷第一號。雜論《上海的將來》，刊於《新中華》第二卷副刊。為《東方雜誌》一九三四年新年徵文寫的短文《個人計劃》，刊於《東方雜誌》第三十一卷第一期。

從此與商務印書館的十七年關係中斷。

二月

評介《〈文學季刊〉創刊號》，刊於《文學》第二卷第二號。短論《讀〈文學季刊〉創刊號》和《田家樂》分別刊於《申報‧自由談》（一日）、《申報月刊》第三卷第二號。雜論《蝙蝠》，刊於《申報‧自由談》（二十七日）。

十八日，作《郭譯〈戰爭與和平〉》；二十日，作《伍譯的〈俠隱記〉和〈浮華世界〉》；本月作《〈改變〉前記》，後同刊於《文學》第二卷第三號。

二十八日，作散文《上海大年夜》，後刊於《文學季刊》第二期。

散文雜文集《話匣子》由良友圖書公司出版，分上下編，共收入《我的學化學的朋友》等四十四篇。

三月

一日，作評論《彭家煌的〈喜訊〉》；八日，作評論《〈懷鄉集〉》（收入《茅盾文藝雜論集》時改爲《杜衡的〈懷鄉集〉》），後同刊於《文學》第二卷第四號。評論《關於文學史之類》，刊於《文學》第二卷第三號。

短論《又一篇賬單》、《「媒婆」與「處女」》、《直譯・順譯・歪譯》和《一個譯人的夢》同刊於《文學》第二卷第三號，專門討論了翻譯的標準和方法問題。

作《答國際文學社問》。國際革命作家聯盟的機關刊物《國際文學》社編輯部爲迎接蘇聯第一次作家代表大會的召開，向各國著名進步作家發函，徵求對於蘇聯成就、蘇維埃文學、資本主義各國文化現狀等三個問題的意見。兩份約稿信通過蕭三轉來，一份給魯迅，一份給茅盾。此文就是根據信上提出的問題寫的，共約五百多字。稿子寫好後交給了魯迅，請他轉往蘇聯。不久魯迅把原稿寄給了蕭三，但他怕茅盾沒留底稿，親手謄寫了一份給茅盾。（後來茅盾把魯迅的這份手抄件一直帶在身邊，一九四〇年到延安，才獻給了當時在延安舉辦的魯迅紀念展覽會。方紀徵得茅盾同意，將此文首次登在延安《大眾文藝》第二卷第二期上，以其中的一句話爲題：《中國青年已從十月革命認識了自己的使命》。）

翻譯《改變》（荷蘭菩提巴喀）刊於《文學》第二卷第三號。

編譯小說《百貨商行》（左拉原著，原題爲《太太們的樂園》，茅盾編譯後刪簡爲萬餘字）並寫了「序言」，由上海新生命書局出版。

春

送母親回烏鎮，請泰興昌紙店經理黃妙祥負責翻修老屋後院的三間平房（約一百多平方米）。茅盾親自畫了一張新房草圖。秋後蓋好，修建費連同室內的家具和室外的綠化，共支出近千元，茅盾親往驗收。（本年冬和翌年春，孔德沚陸續從上海運去了一套沙發、十幾箱書——包括一套商務印書館出

的百衲本二十四史、兩棵扁柏以及其他日用家什；在鎮上訂作了一張寫字
檯，一張方桌和椅子、床、櫃等。母親在院子裡移栽了一棵夾竹桃、一枝
藤蘿，種上了花。）

四月

評論《「一・二八」的小說〈戰煙〉》（收入《茅盾文藝雜論集》時改爲《「一・
二八」的小說》），短論《從五四說起》、《我們有什麼遺產》、《思想與經驗》、
《新，老？》、《黑炎的〈戰線〉》，同刊於《文學》第二卷第四號。雜論《讀
史有感》，刊於《申報・自由談》（十四日）。

當時文壇正在討論「接受遺產」問題，針對這一問題，作《我們有什麼遺
產》，強調新文學應在內容與形式兩個方面從舊文學的束縛中解放出來，批
判了當時忽略思想內容的改進和創新，而偏於形式的革新的傾向。

十七日，爲伊羅生編的《草鞋腳》作《茅盾自傳》。

五月

評論《英文的弱小民族文學史之類》，刊於《文學》第二卷第五號。作《〈紅
樓夢〉（潔本）導言》。

十日，作《小品文半月刊〈人間世〉》，後刊於《文學》第三卷第一號。

翻譯《春》（羅馬尼亞 M. Sadoveanu）以及「前記」，《耶穌和強盜》（波蘭
K. P. Tetmajer）以及「前記」、《門的內哥羅之寡婦》（南斯拉夫 Z. Kveder）
以及「前記」、《桃園》（土耳其 Resik－Halid）以及「前記」、《催命太歲》
（秘魯 L. AlBujar）以及「前記」、《在公安局》（南斯拉夫 I. Krnic），同刊於
《文學》第二卷第五號。

六月

七日，作評論《廬隱論》，後刊於《文學》第三卷第一號。

雜論《升學與就業》，刊於《中學生》第四十六期；《流言》和《談面子》，
同刊於《申報・自由談》（十五日）。

十四日，作評論《小市民文藝讀物的歧路》，刊於《文學》第三卷第二期。

七月

評論《再談文學遺產》、《關於小品文》、《偉大的作品產生的條件與不產生
的原理》、《〈文學季刊〉第二期內的創作》和《讀〈中國的水神〉》，同刊於
《文學》第三卷第一號。

前兩篇仍是針對當時反對白話、新文學的復古派掀起的一股逆流所作的反擊。《再談文學遺產》批判了施蟄存等人打著接受「文學遺產」之名推行復古主義的錯誤立場，認為「倘使我們現在不講究什麼『文學革命』，那麼，我們擁有偌大的『遺產』，真可以閉關自守的！」「可是我們既然要想『迎頭趕上』世界潮流，既然要『文學革命』，那麼，這一份『寶貴』的遺產實在一錢不值！」

林語堂、周作人等辦的《論語》雜誌鼓吹「無關社會學意識形態鳥事，亦不關興國亡國鳥事」，一篇小品文勝過「一百本反日救國的宣言」和「一千張打倒倭奴的標語」；林語堂的《人間世》專載描繪風花雪月、鳥獸蟲魚等的小品文，以誘使人們轉移抗日反蔣鬥爭的視線。茅盾在《關於小品文》裡反擊說：「小品文在『高人雅士』手裡是一種小玩意兒，但在『志士』手裡，未始不可以成為『標槍』，為『匕首』。」「如果我們以為小品文將成為某些人的避世的桃源，那麼我們就應該使這『避世桃源』變為熱蓬蓬的鐵工場」。

散文《我曾經穿過怎樣緊的鞋子》，收入《文學》週年紀念輯《我與文學》，由生活書店出版。

八月

應陳望道、樂嗣炳邀請，赴宴一品香餐廳，參與商討陳、樂創辦《太白》事。同席的還有鄭振鐸、胡愈之、葉紹鈞、傅東華、黎烈文等十二人。時值第三次文藝大眾化論爭高潮，陳、樂擬乘機辦一以小品文為特色的刊物，致力於大眾語運動的推動，並打擊林語堂等人提倡的小品文。九月三日陳望道又委託魯迅請了一些青年作家在東亞酒店聚餐，茅盾被魯迅拉去作陪客。《太白》有編委十一人，陳望道原擬讓魯迅、茅盾也擔任編委，魯迅認為公開列名於刊物不利，後來就和茅盾在暗地裡積極支持該刊。《太白》九月創刊，至一九三五年九月停刊，在這整整一年中，茅盾為它寫了二十三篇文章。

九日，與魯迅合作《〈譯文〉創刊前記》，後刊於《譯文》月刊第一卷第一號。

評論《冰心論》、《「文學遺產」與「洋八股」》、《對於所謂「文言復興運動」的估價》、《關於〈士敏土〉》、《小市民文藝讀物的歧路》、《所謂「雜誌年」》、《翻譯的直接與間接》和《論「入迷」》，同刊於《文學》第三卷第二號。

評論《白話文的清洗與充實》和《不要閹割的大眾語》，先後刊於《申報・自由談》（二十、二十四日）；《莎士比亞與現實主義》，刊於《文史》第一卷第三號。

雜論《女人與裝飾》和《聰明與矛盾》，先後刊於《申報・自由談》（十七、二十八日）。

在反復古鬥爭中，文壇有人以專注於研究外國新文學、反對繼續討論文學遺產問題爲由，反對對復古主義的批判。七月十二日刊登於《申報》的署名明堂的《論中國文學遺產問題》一文便持這種論調。茅盾的《「文學遺產」與「洋八股」》對該文進行了反駁。針對復古的確實存在和反復古鬥爭正在遭到潑冷水的現狀，它強調說：「爲了新式遺老遺少們也將藉『文學遺產』的美名誘致青年們讀古書，所以我們要一而再，再而三的討論『文學遺產問題』；同樣的，爲了有這些『洋八股』的論客不斷地出現，我們也將一而再、再而三的痛斥這些似乎『革命』的論調！」

《對於所謂「文言復興運動」的估價》對一些「助長了復古的傾向」（包括施蟄存的所謂「利用」遺產論和小品文的盛行）提出了警告。《所謂「雜誌年」》一文列舉本年上海刊物的發展傾向，對「論語派」林語堂等鼓吹專講閒適幽默的小品文社會上造成的惡果再次作了揭露和抨擊。

九月

協助魯迅主編的《譯文》創刊。該刊由魯迅於五月底找茅盾磋商發起，確定發起人爲魯迅、茅盾、黎烈文，三人於六月九日在魯迅寓中商定《譯文》創辦，八月五日與生活書店訂立出版合同。茅盾推薦《文學》編輯黃源兼《譯文》編輯，負責處理具體事務。因魯迅、茅盾不便出面，黎烈文又不願擔任，版權頁上的編輯人就印上黃源名字。一九三五年九月，生活書店因版權頁上編輯人由誰擔任的問題與魯迅發生爭執，導致《譯文》停刊，黃源也因此辭去了《文學》編輯職務。《譯文》後於一九三六年三月復刊，改由上海雜誌公司出版。

八日，作散文《戽水》，後刊於《太白》第一卷第二期。

散文《桑樹》、《大旱》、《雷雨前》和《人造絲》，分別刊於《申報月刊》第三卷第九期、《太白》第一卷第一期、《漫畫生活》第一期和《綢繆》月刊創刊號。

評論《論模仿》、《兩本新刊的文藝雜誌》、《讀〈上沅劇本甲集〉》和反對復古思潮的《所謂「歷史問題」》，同刊於《文學》第三卷第三號。《「創作與時間」的異議》，刊於《申報・自由談》（十九日）。《〈伊里亞特〉和〈奧德賽〉》，連刊於《中學生》第四十七、四十八期（九月、十月）。

雜論《團結精神》、《說「獨」》、《二十四史應該整部發賣嗎》和《關於新文字》，分別刊於《申報・自由談》（四、七、十七日）和《新文字》月刊第二期。雜論《「買辦心理」與「歐化」》，刊於《太白》第一卷第一期，是對大眾語論爭中有人罵歐化白話文是「買辦心理」的反駁，以此與魯迅認為有些論者「借大眾語以打擊白話」的論點相呼應。

翻譯《皇帝的衣服》（匈牙利密克薩斯）以及「譯後記」、《教父》（希臘特羅什內斯）以及「譯後記」、《普式庚是我輩中間的一個》（蘇聯亞尼克斯德）以及「譯後記」，同刊於《譯文》第一卷第一號。

十月

良友圖書公司的股東趙家璧來信約茅盾擔任《新文學大系》有關小說部分的編選人，茅盾覆信表示支持，對編選的時間範圍、體例提出了建議，以三個月時間完成《中國新文學大系・小說一集》的編選工作，共選了二十九位作家的五十八篇小說，除個別中篇外，其他都是短篇。並為出版預告小冊子《新文學大系樣本》寫了百來字的《編選感想》。《新文學大系・小說一集》於一九三五年七月由良友圖書公司出版。

評論《落花生論》、《〈中國新文學運動史〉》、《〈東流〉及其他》、《關於「寫作」》、《大眾語運動的多面性》、《不算浪費》和《一律恕不再奉陪》，同刊於《文學》第三卷第四號。評論《論「拿出貨色來」》、《文學的新生》，分別刊於《太白》第一卷第二期、《新生》第一卷第三十六期。《歐洲的諷刺作家》，刊於《申報・自由談》（二十三日）。評論《波斯大詩人費爾杜兩千年祭》，刊於《世界知識》第一卷第三號。

自從茅盾加入對復古主義的批判後，施蟄存、明堂等立即進行反撲，還有署名「阿龍」的人予以公開支持。茅盾在《文學》第三卷第四號上發表《不算浪費》和《一律恕不再奉陪》等文，就是對這些人的回敬。

散文《談月亮》，刊於《申報月刊》第三卷第十期。十九日，作散文《小三》，後刊於《水星》第一卷第三期。

雜論《不關宇宙或蒼蠅》、《不是「異議」了》和《雙十節看報》，分別刊於

《申報‧自由談》（十七、十九日），《新語林》第六期。

翻譯《關於蕭伯納》（蘇聯盧那卻爾斯基）以及「譯後記」、《怎樣排演古典劇》（蘇聯泰洛夫）以及「譯後記」，同刊於《譯文》第一卷第二號。

二十四日，作短篇小說《趙先生想不通》，後刊於《文學》第三卷第六號。

茅盾等作者的小說集《殘冬》，由生活書店出版。

十一月

二日，作短篇小說《微波》，後刊於《生生月刊》創刊號。

評論《〈西柳集〉》、《名實問題》、《大眾語文學有歷史嗎？》和《詩人與〈夜〉》，同刊於《文學》第三卷第五號。評論《怎樣讀雜誌》、《〈伊利亞特〉和〈奧德賽〉的討論》和《〈伊勒克特拉〉——關於希臘的悲劇》，分別刊於《讀書生活》創刊號，《中學生》第四十九期、第五十期。

十三日，作散文《阿四和粽子的故事》（後改題為《阿四的故事》），後刊於《太白》第一卷第六期。散文《瘋子》，刊於《申報月刊》第三卷第十一期。散文《〈黃昏〉及其他》（這是總題目，實際上包括《黃昏》、《沙灘上的腳跡》和《天窗》等三篇），刊於《太白》第一卷第五期。

雜論《蒼蠅》，刊於《漫畫生活》第三號。

翻譯《娜耶》（克羅地葯里斯基）以及「譯後記」，刊於《譯文》第一卷第三號。《坑中做工的人》（白魯支作），收入蘇淵雷編世界書局出版的《詩詞精選》。

十二月

評論《一年的回顧》、《再多些！》、《論低級趣味》、《關於「史料」和「選集」》、《〈水星〉及其他》和《今日的學校》，同刊於《文學》第三卷第六號。評論《怎樣寫作》刊於《讀書生活》第一卷第四期。《一年的回顧》概括地回顧了一九三四年一年來文壇論戰情況（包括小品文、大眾語、文學遺產問題等），分析了當時文壇的形勢：一是「出現了一批新生力量」，二是「新文體『速寫』的飛快發展」，三是雜文「特別負了重大的責任」。

《我們與你們之間不存在「萬里長城」——致蘇聯作家第一次代表大會》，刊於俄文版《世界文學》第三、四期。

二十四日，作散文《再談「瘋子」》，後刊於《申報月刊》第四卷第一期。

翻譯《安琪呂珈》（新希臘藹夫達利哇諦斯）以及「譯後記」、《現代荷蘭文

學》（荷蘭哈恩鐵斯）以及「譯後記」，同刊於《譯文》第三卷第四號。《罷工之前——摘自長篇小說〈子夜〉》（蘇聯伊萬譯），刊於俄文《青年近衛軍》第五期。

〔重要紀事〕

一月

中共臨時中央在瑞金召開六屆五中全會，博古正式任總書記。會議使「左」傾錯誤發展到了頂點，認爲第五次反「圍剿」「即是爭取中國革命完全勝利的鬥爭」。

二十一日至二月一日，中華蘇維埃第二次全國代表大會在江西瑞金舉行。

國民黨的《汗血》月刊第二卷第四期出版《文化剿匪專號》

二月

國民黨政府查禁社會科學和進步文藝書籍一百四十九種，其中包括茅盾的《路》、《宿莽》、《野薔薇》、《茅盾自選集》、《虹》、《三人行》、《春蠶》、《蝕》、《子夜》等九種。關於《子夜》的批語是：「譏刺本黨」，「描寫工潮，應刪改」等等。還禁止七十六種進步刊物出版發行，其中包括左聯機關刊物《萌芽》、《拓荒者》、《北斗》、《文學月報》等。

蔣介石強制推行「新生活運動」，提倡尊孔讀經。

春

左聯東京分盟在日本東京秘密成立，林林、丘東平負責幹事會工作，至一九三六年解散。曾先後創辦《東流》、《雜文》、《質文》等三個刊物，在東京出版。

四月

林語堂等創辦《人間世》半月刊，宣揚「性靈」、「閒適」的小品文，逃避現實，麻痺群眾鬥志。

五月

國民黨政府在上海設立圖書雜誌審查委員會，並於六月公布《圖書雜誌審查辦法》，加緊迫害革命文藝運動。

鄭振鐸、靳以主編的《文學季刊》在北平創刊。

十月

由於黨中央領導的「左」傾錯誤，紅軍第五次反「圍剿」失敗。中央紅軍連同後方機關共八萬餘人從江西開始戰略性大轉移——長征。項英、陳毅等繼續領導留在南方各根據地的紅軍和遊擊隊堅持鬥爭。

巴金從上海到北平，與卞之琳創辦《水星》月刊。

十一月

中共在東北領導的基本抗日武裝力量——東北人民革命軍第一軍正式成立，楊靖宇任軍長。

程子華、徐海東率領的紅軍第二十五軍開闢了鄂豫陝根據地。

國民黨特務暗殺了傾向於抗日民主的民族資產階級代表人物、上海《申報》主持人史量才。

十二月

蔣介石召開國民黨四屆五中全會，重彈「攘外必先安內」老調。

一九三五年（乙亥）三十九歲

年初

為樊仲雲主編的「新生命大眾文庫」寫通俗化小冊子《上海》，用故事形式介紹了上海的過去、現在和將來。後於三月由新生命書店出版。

一月

評論《猜得再具體些》、《論所謂「感傷」》、《「革命」與「戀愛」的公式》和《匈牙利小說家育珂‧摩耳》，同刊於《文學》第四卷第一號。評介《吉珂德先生》，連載於《中學生》第五十一、五十二期。十一日，作評論《論「健康的笑」》，刊於《生生月刊》。

翻譯《跳舞會》（匈牙利育珂‧摩耳）以及「後記」、《雪花球》（丹麥安徒生）以及「後記」，同刊於《文學》第四卷第一號；《兩個教堂》（克羅地奧格列曹維支）以及「譯後記」，刊於《譯文》第一卷第五號。

十二日，應邀，與魯迅同去黎烈文家（滬西極司非爾路信義村）赴宴，同席的有黃源、靳以、孟十還、吳朗西等，席間談了譯文社出叢書的問題。

二十日，作散文《舊賬簿》，後刊於《申報月刊》第四卷第二期。

二月

評論《談題材的「選擇」》、《對於「翻譯年」的希望》、《「健康的笑」是不是？》和《關於「兒童文學」》，同刊於《文學》第四卷第二號；《談封建文學》刊於《太白》第一卷第十期。《文藝經紀人》和《再答羅膜先生》，分別刊於《申報·自由談》（十九日）、《中學生》第五十二期。《談題材的「選擇」》是針對施蟄存的《題材》一文而寫的。施文抹殺題材的社會意義，認為題材無所謂有意義，問題只在於「這是不是一個題材」？茅盾認為題材有不同的意義，需要「從那形形色色的社會現象中『選擇』出最能表現那社會的特殊『個性』——動態及其方向的材料來作為他作品的題材。」

二十日，作散文《狂歡的解剖》，後刊於《申報月刊》第四卷第三期。

翻譯《萊蒙托夫》（蘇聯勃拉果夷）以及「譯後記」，刊於《譯文》第一卷第六號。

三月

評論《幾本兒童雜誌》、《「翻譯」和「批評」翻譯》、《奢侈的消閒的文藝刊物》和《關於悲觀的文字》，同刊於《文學》第四卷第三號。評論《給一個未會面的朋友》和《小品文和氣運》，分別刊於《讀書生活》第九期、《太白》第一卷紀念特輯。《〈小說一集〉編選感想》，附於《新文學大系（預約樣本）》。評論《雨果和〈哀史〉》，刊於《中學生》第五十三、五十四期。

雜論《〈娜拉〉的糾紛》，刊於《漫畫生活》第七號。

茅盾等著《讀書的藝術》、《偉大人物的少年時代》，由開明書店印行。

陳望道編魯迅、茅盾等人文章合集《小品文與漫畫》，由生活書店出版。

阿英編校《現代十六家小品》集，收入茅盾的《叩門》、《阿Q相》等散文八篇，由光明書局出版。

為自己主編的《中國新文學大系·小說一集》撰寫完《導言》。《導言》總結了自一九一七至一九二六年這十年間新文學發展的情況和小說創作中存在的問題。文章指出，前五年創作界「很寂寞」，「作者固然不多，發表的機關（指刊物等而言——筆者）也寥寥可數。」後五年有了很大發展，是「青年的文學團體和小型的文藝定期刊物蓬勃滋生的時代。從民國十一年（一九二二年）到十四年（一九二五年），先後成立的文學團體及刊物，不下一百餘。」認為這幾年的文學團體活動和小型刊物的出版，「就好比是尼羅河的大泛濫，跟著來的是大群的有希望的青年作家」。文章接著指

出：「初期的作品很少有反映著那時候全般的社會機構的，雖然後半期比前半期要『熱鬧』得多，但是『五卅』前夜主要的社會動態仍舊不能在文學裡找見。」文章進一步分析了產生這種情況的原因，認為主要是：為「五卅」激動了的大部分青年作家「和那造成『五卅』的社會力是一向是疏遠的——連圈子外的看客都不是。『生活』的偏枯，結果是文學的偏枯」。

下旬，從大陸新村遷居到滬西極司非爾路信義村一弄四號，與黎烈文住處隔一家（黎住一弄二號）。在此一直住到抗戰爆發，離開上海。

在搬往新居前去向魯迅告別，魯迅告以瞿秋白被捕消息，魯迅打算自己開一家店舖保釋瞿秋白。

四月

評論《讀安徒生》和《關於別瑟尼‧別爾生》，分別刊於《世界文學》第一卷第四期和《中學生》第五十四期。《十年前的教訓》和《能不能再寫的好懂些》，同刊於《文學》第四卷第四號。

《能不能再寫的好懂些》強調作品要通俗化，要為廣大讀者服務：「作者先祛除了自私心，把炫博炫奇一類的動機完全去掉，要時時刻刻為讀者著想，時時刻刻抱著一種服務的精神。」

茅盾的這種宗旨就體現在自己的著作裡。本月，郁達夫為《中國新文學大系‧散文二集》所寫的《導言》中指出：「茅盾是早就在從事寫作的人，唯其閱世深了，所以行文每不忘社會。他的觀察的周到，分析的清楚，是現代散文中最有實用的一種寫法。然而抒情練句，妙語談玄，不是他的所長……中國若要社會進步，若要使文章和實際生活發生關係，則像茅盾那樣的散文作家，多一個好一個；否則清談誤國，辭章極盛，國勢未免要趨於衰頹。」

雜論《姚家女變男的故事》，刊於《漫畫生活》第八期。

專著《漢譯西洋文學名著》（附「序言」），由中國文化服務社出版，該書比較通俗地評介了莎士比亞的《哈姆萊特》等三十二部歐洲古典文學名著。

五月

十二日，作短篇小說《有志者》，後刊於《中學生》第五十六號。

評論《雜誌年與文化動向》、《科學和歷史的小品》和《雜誌「潮」裡的浪

花》，同刊於《文學》第四卷第五號。《〈神曲〉》，連載於《中學生》第五十五、五十六期。

翻譯《我的回憶》（腦威別爾生）以及「前記」，收入《世界文庫》第一冊。

六月

評論《眞妮姑娘》、《也不要「專讀白話」》和《一個希望》，同刊於《文學》第四卷第六號。《世界上沒有的》和《說謊的技術》，同刊於《太白》第二卷第七期。

翻譯《遊美雜記》（波蘭顯克微支）以及「前記」，收入《世界文庫》第二冊。

七月

短篇小說《第一個半天的工作》，刊於《婦女生活》創刊號。

在已知瞿秋白就義消息後，魯迅約茅盾到鄭振鐸家商議編印瞿秋白遺作的事。最後商定，由魯迅、楊之華確定遺作的編選範圍，魯迅負編選的全責，由鄭振鐸聯繫印刷所、籌款，茅盾不擔負具體工作，只從中協助和促進。八月六日，鄭振鐸設家宴，應請的有茅盾和陳望道、葉聖陶、胡愈之、傅東華、章錫琛、全調孚等十二人，談了捐款問題，一致推鄭振鐸爲收款人。茅盾捐了一百元。九月四日，魯迅約茅盾到他寓所徵求對編選範圍的意見，茅盾同意魯迅的意見，最後確定先編選瞿秋白的譯著，題名爲《海上述林》，出版具名「諸夏懷霜社」，由美成印刷所排版，到日本印刷，爲加快排版問題，茅盾於一九三六年兩度找開明書店的章錫琛交涉。《海上述林》上下卷終於一九三六年付印。

短篇小說《尙未成功》和《夏夜一點鐘》，分別發表於《申報月刊》第四卷第七期、《新小說》第二卷第一期。

評論《什麼是寫實主義》、《什麼是實感主義》和《略述表現騎士風度的中世紀文學》，同收入傅東華主編的《文學百題》（生活書店出版）。《文藝與社會的需要》、《「孟夏草木長」》和《一點小聲明》，同刊於《文學》第五卷第一號。

散文雜文集《速寫與隨筆》由開明書店出版，包括《宿莽》、《話匣子》和《茅盾散文集》中部分文章以及後來陸續發表的一些速寫、隨筆，共三部四十篇，並寫有「前記」。

節編《紅樓夢》（潔本）由開明書店出版，內附編者一九三四年五月所寫「導言」。

翻譯《英吉林片斷》（德國海涅），收入《世界文庫》第三冊。

八月

評論《文藝自由的代價》、《小說作法之類》和《批評和謾罵》，同刊於《文學》第五卷第二號。《未能名相》，刊於《太白》第二卷第十期。

雜論《針孔中的世界》和《麻雀與灶蟻》，先後刊於《申報‧自由談》（九、十六日）。

翻譯《最後的一張葉子》（美國 O‧亨利），刊於《譯文》第二卷第六期；《集外書簡》（腦威易卜生）以及「前記」，收入《世界文庫》第四冊。

九月

二十日，應史沫特萊之約，爲她所編的中國革命作家小說集寫了一篇題爲《給西方的被壓迫大眾》的文章。全文共四節，第一節告訴美國讀者，他們從賽珍珠的《大地》等小說中看到的中國農民和農村是大大地被歪曲了的；第二、三節簡要地介紹了五四以來中國新文學運動的發展和鬥爭情況；第四節著說明年青的中國左翼文學因是在深重的壓迫下艱苦地發展的，所以發表的作品只能限於對現行社會制度表示否定的態度，進一步表示工農革命要求和英勇鬥爭的作品就不能發表。文章交給了史沫特萊，但後來小說集未見出版（一九七九年茅盾從故紙堆中找到了該文的抄件）。

評論《十日談》，連載於《中學生》第五十七、五十八期，《讀〈小婦人〉——對於翻譯方法的商榷》、《關於「雜文的文藝價值」》、《又是「莊子」和「顏氏家訓」》和《更聰明的「沉默是聰明的」》，同刊於《文學》第五卷第三號。《對於接受文學遺產的意見》、《關於新文字》，分別刊於《雜文》第三期、《擁護新文字日報》第二期。

與魯迅合寫的《譯文》終刊號「前記」，刊於《譯文》終刊號，署「譯文社同人公啓」。

翻譯《蜜蜂的發怒及其他》（比利時梅德克林），收入《世界文庫》第五冊。

秋

回烏鎮兩個月，住新蓋的平房，創作了中篇小說《多角關係》。

十月

短篇小說《無題》，刊於《文學》第五卷第四號。此篇和前面的《有志者》、《尚未成功》，可以說是城市知識份子「三部曲」，都是嘲諷那些脫離生活

脫離實際，憑一時的主觀衝動進行創作而告失敗的人的，筆調別致，獨具一格。

評論《也是文壇上的「現象」》和《補訂「文藝自由的代價」》，同刊於《文學》第五卷第四號。

翻譯《憶契訶夫》（俄國蒲寧）以及「前記」，收入《世界文庫》第六冊。

十一月

四日，作短篇小說《擬〈浪花〉》，後刊於《大眾生活》第一卷第五期。小說的題名係仿照《大眾生活》上葉聖陶的《一個小浪花》擬定，講的是包車夫阿二好不容易向主人借了錢準備給孩子買衣料，由於物價的飛漲，兩天前夠數的錢兩天後已不夠數，終於沒有買成。事情雖小，卻生動地反映了國民黨反動統治下，社會的黑暗，經濟的每況愈下，城市勞苦大眾生活的日益貧困。

評論《「究竟應該怎樣地反應和表現」》和《「世界上還有人類的時候……」》，同刊於《文學》第五卷第五號。《〈戰爭與和平〉》連載於《中學生》第五十九、六十期。

八日，與宋慶齡、魯迅等出席蘇聯駐上海總領事館為慶祝十月革命節十八週年而舉辦一個不公開的酒會。宴前，放映電影《夏伯陽》。茅盾和魯迅都由史沫特萊接送。席間，史沫特萊請茅盾勸說魯迅去蘇聯療養（蘇聯同志表示可以安排一切）。九日，茅盾轉達了史沫特萊和他自己的意見，魯迅表示考慮一下。茅盾即寫信給史沫特萊。過了六七天後，茅盾又去魯迅家，魯迅明確表示「輕傷不下火線」，決定不去。次日茅盾又把魯迅的意思函告了史沫特萊。

九日，寫完散文《全運會印象》，後刊於《文學》第五卷第六號。

翻譯《擬情書》（一）（羅馬渥維德）以及「前記」、「題解」，收入《世界文庫》第七冊。

短篇小說譯集《桃園》（土耳其哈理德等）並「前記」，魯迅校，作為《譯文》叢書之一，由文化生活出版社出版。

書信若干，收入孔另境編、魯迅作序的《現代作家書簡》，由生活書店出版（內收魯迅、茅盾等五十八個作家的書信）。

十二月

評論《兩方面的說明》、《關於「對話」》和《非戰的戲劇》，同刊於《文學》第五卷第六號。

二日，作散文雜文集《速寫與隨筆》的《前記》。

雜論《變好和變壞》，刊於《立報·言林》（十一日）。

是年

年底，史沫特萊和茅盾商定，由茅盾為《子夜》英譯本寫一篇自傳，史沫特萊作序。自傳於一九三六年一月底寫成。魯迅託胡風為史沫特萊的序寫了一份有關作者（茅盾）介紹的參考材料，並於一九三六年一月間寄給茅盾。茅盾將這份材料連同自傳一併寄給了史沫特萊。該自傳共六千多字，從家庭、學生時代起一直寫到一九三五年；還順便扼要介紹了大革命失敗後革命文學運動的發展情況。該自傳是過去所有自傳中最詳盡的一篇（後來這個英譯本始終未見付梓，史沫特萊的序也不知去向，自傳原稿卻於一九七九年被茅盾偶爾發現，無標題。後刊於《文獻》，該刊題為《茅盾小傳》）。

〔重要紀事〕

一月

中共中央在貴州遵義召開政治局擴大會議，會議結束了王明「左」傾冒險主義在中共中央的統治，確立了以毛澤東為代表的新的中央的正確領導，在革命危急關頭挽救了黨和紅軍，是中共黨史上一個生死攸關的轉折點。

二月

無產階級革命家、著名革命作家瞿秋白在福建武平為國民黨部隊所虜，六月犧牲於福建長汀。

五月

鄭振鐸主編的《世界文庫》由上海生活書店開始出版。

聶耳為影片《風雲兒女》創作主題歌《義勇軍進行曲》，田漢作詞，中華人民共和國成立後被定為代國歌、國歌。

七月

著名音樂家聶耳不幸溺死於日本。

八月

中共中央發表停止內戰、一致抗日的《八一宣言》，號召建立抗日民族統一

戰線。

無產階級革命家方志敏就義於南昌。

九月

林語堂主編的《宇宙風》在上海創刊。

十月

趙家璧主編的《中國新文學大系》由上海良友圖書公司開始出版。全書十集，編選了一九一七年至一九二六年十年間新文學運動的理論、評論文章和小說、散文、詩歌、戲劇等作品，一九三六年二月出全。

十一月

日本策動華北五省自治，讓漢奸殷汝耕出面成立「冀東防共自治政府」。

鄒韜奮主編的《大眾生活》創刊。

十二月

國民黨政府下令設立「冀察政務委員會」，以適應日本關於「華北政權特殊化」的要求。

九日，「一二‧九」愛國學生運動爆發，北平數千學生舉行了聲勢浩大的抗日救國大示威，喊出了「反對華北自治運動」、「停止內戰一致對外」等口號，掀起了遍及全國的抗日救國新高潮。

由沈鈞儒等組織的上海文化界救國會成立，發表了二百七十五人簽名的《上海文化界救國運動第一次宣言》，不久又發表第二次宣言。

巴金主編、文化生活出版社出版的《文學叢刊》開始出版。

一九三六年（丙子）**四十歲**

年初或去年年底

左聯黨團讓夏衍（通過鄭振鐸）找茅盾在鄭振鐸家談話，就籌建文藝家協會和解散左聯事向茅盾通氣，並就前者徵求意見，要茅盾轉告魯迅。茅盾於一二天內即告知了魯迅。魯迅同意文藝抗日統一戰線可以「容納」禮拜六派，但不贊成解散左聯，認為統一戰線裡需要左聯作核心。

一月

協助魯迅編《凱綏‧珂勒惠支版畫選集》。

中篇小說《多角關係》，刊於《文學》第六卷第一號。五月由文學出版社印成單行本，生活書店總經售。

中篇小說《少年印刷工》，開始連載於《新少年》半月刊，自第一卷第一期起至第十二期，第二卷第一、六、七、八期（《新少年》的讀者對象是小學高年級和初中一二年級的學生，主編是葉聖陶和夏丏尊，這篇小說是一九三五年秋應夏丏尊約稿寫的）。小說描述失學少年趙元生尋找職業的辛酸經歷，最後到印刷所當學徒，由於勤學苦幹，不但掌握檢字、排版技術，而且提高了認識覺悟，跟著一位革命老工人「老角」離開印刷所，走上新的道路。上半部注意情節的展開，人物的塑造、環境的烘托，下半部因過多顧及夏丏尊提出的「通過這故事能使小讀者得到一些科學知識」的要求，比較注意技術知識的介紹，而對性格的刻劃，以及與前半部的聯繫，有所減弱。這部小說過去一直未出過單行本，也未收入茅盾的小說集裡，一九八二年四月由上海少年兒童出版社第一次印成單行本出版。

短篇小說《搬的喜劇》，刊於《東方雜誌》第三十二卷第一號。小說通過黃先生夫婦因擔心中日打仗而忙於搬家的故事，反映了蔣介石國民黨在抗日問題上的欺蒙宣傳在小市民心目中的破產，從而進一步揭露了蔣介石「攘外」的欺騙性。從市民搬家揭示蔣介石對日本侵略的態度，撕下了國民黨「為民前鋒」的假面具。這是一篇以小見大的佳作。人物的刻劃、語言的運用也很純熟、精湛。

評論《最流行的然而最誤人的書》和《再談兒童文學》，同刊於《文學》第六卷第一號。《談小型報的編輯技巧》、《小型報的性質》和《晚明文學》，刊於《立報·言林》（三、八、二十五日）。《談我的研究》，刊於《中學生》第六十一期。

翻譯《擬情書》（二）以及「題解」，收入《世界文庫》第九冊。

二月

春節後某天，到魯迅家拜年，告辭時，魯迅說：「史沫特萊告訴我，紅軍長征已抵達陝北，她建議我們給中共中央拍一份賀電，祝賀勝利。」（茅盾：《我走過的道路·一九三五年紀事》）茅盾表示贊同。不久，魯迅就以他和茅盾聯名的名義向黨中央拍去了祝賀長征勝利的電報。（據一九四七年七月二十七日《新華日報》太行版報導，電文的內容是：「在你們身上，寄託著人類和中國的將來。」）四月底馮雪峰從陝北到上海，告訴茅盾：「你

們那份電報，黨中央已經收到了，在我離開的前幾天才收到的。」一九四
〇年五月，茅盾全家到延安，張聞天也對茅盾說收到了魯迅和茅盾拍給中
央的賀電。

評論《關於鄉土文學》和《「懂」的問題》，同刊於《文學》第六卷第二號。
前一文是對馬子華所寫的《他的子民們》的評介。

五日，作短篇小說《「一個真正的中國人」》，後刊於「工作與學習叢刊」一：
《二三事》。

散文《證券交易所——上海地方生活素描之五》刊於《良友圖畫雜誌》第
一一四號，後改題為《交易所速寫》。

翻譯《擬情書》（三）（羅馬渥維德）以及「題解」，收入《世界文庫》第十冊。

十四日，接魯迅信，信中表示了對解散左聯另組作家協會（後改為「文藝
家協會」）的不同意見：「我看作家協會一定小產，不會像左聯，雖鎮壓卻
還是有些人剩在地底下的。」

二十日，上海舉辦蘇聯版畫展覽會，茅盾曾請魯迅為該展覽會寫一篇介紹
文章，魯迅欣然命筆，寫成《記蘇聯版畫展覽會》一文，比約定時間早兩
天寫成寄茅盾。

二十六日，寫完短篇小說《水藻行》，後刊於一九三七年五月日本《改造》
雜誌上，原文發表於同年六月十五日上海《月報》第一卷第六期。這是茅
盾唯一的一篇先在國外發表的小說。小說描寫了某江南農村叔侄倆的微妙
關係和他們在生活線上掙扎的一個橫斷面，構思題材都具新意，行文如行
雲流水，富有鮮明的節奏感，宛若一篇抒情味濃重的散文詩。

三月

評論《作家們聯合起來》，刊於《文學》第六卷第三號。

九日、二十三日，探望魯迅病情，與魯迅進行了交談。

十日，作《〈路線〉代跋》，後附於六月新鐘書店出版的《路線》。

散文《從半夜到天明》，刊於《永生》週刊第一卷第四期。

翻譯《散文的「喜劇的史詩」》（英國菲爾定）以及「前記」，收入《世界文
庫》第十一冊。《世界的一天》（M・柯爾曹夫作），刊於《譯文》新一卷第
一期。

翻譯小說《戰爭》（蘇聯鐵霍諾夫），附「譯後記」，由文化生活出版社收入

文化生活叢書出版。

四月

訪問魯迅，曾談到「國防文學」這一口號。魯迅認爲這口號「意義含混不清」，介紹了他和馮雪峰等商量擬定的口號──「民族革命戰爭的大眾文學」，並徵求茅盾意見。茅盾表示贊同這一新口號，但必須詳細闡明提出它的理由和說明它與「國防文學」口號的關係，否則可能引起誤會。並勸魯迅親出面寫文章。大約兩星期後，胡風在自己辦的《文學叢報》上寫文章提出了這個新口號，沒有說明這口號是魯迅提的。茅盾爲此去見魯迅，認爲這篇文章解釋新口號不全面，且會使雙方分歧更加擴大，但見魯迅正在病中，不便多談，就請馮雪峰設法補救。馮答應去找魯迅商量。一個星期後，茅盾收到馮雪峰送來的魯迅的兩篇文章：《答托洛茨基派的信》和《論我們現在的文學運動》。

收到魯迅十一日寄出的《寫於深夜裡》一文，即轉交史沫特萊，並約她譯成英文，再由他和史沫特萊一起校正，發表在六月一日出版的英文期刊《中國呼聲》上。原文最初發表於五月《夜鶯》第一卷第三期。

談論《向新階段邁進》、《中國文藝的前途是衰亡麼》、《悲觀與樂觀》、《論奴隸文學》和《電影發明四十週年》，同刊於《文學》第六卷第四號。《作家和讀者在蘇聯》，刊於《作家》第一卷第一號。

《向新階段邁進》指出：「從『九‧一八』以來，中國民族的解放鬥爭更達到了非自由即滅亡的嚴重階段。我們的新文學史上最大的章目只是一個：民族的自由，民族的解放。」當前，文藝的任務是：「投降的理論和失敗的心理，應當加以不容情的抨擊」，作品的形式，要採用「大膽的粗線條的筆觸」，「衝鋒號似的激越的音調」，「暴風雨般的氣勢」。

五月

與魯迅、蔡元培、郭沫若等六百八十八人簽名發表《我們對於推行新文字意見》，刊於拉丁化理論刊物《中國語言月刊》創刊號。

評論《需要一個中心點》、《關於「出題目」》、《「不要你哄」》和《一個小小的提議》，同刊於《文學》第六卷第五號。《也是「想到什麼就說什麼」》，刊於《申報‧每週增刊》第一卷第二十一期。作《想到什麼就寫什麼》，後刊於《文學界》第一卷第一期。

《需要一點中心點》談了對「國防文學」這一口號的理解。認爲在這一口號

下，創作的題材可以是「多方面的」，不受限制，但「都必須有一個中心思想，即提高民眾對於「國防」的認識（使民眾了解最高意義的國防），促進民眾的抗戰的決心，完成普遍一致的武力抵抗侵略的行動！」

作散文《「佛誕節」所見——遊了上海靜安寺廟會以後》，後刊於《申報‧每週增刊》第一卷第二十三期。

二十七日，作短篇小說《大鼻子的故事》，後刊於《文學》第七卷第一號。這是一篇別具一格的散文特寫式的小說，大鼻子——這個三十年代上海小癟三的一些生活經歷，和他的卑賤、純真性格，具有一定的典型意義。

短篇小說《泡沫》由上海生活書店出版，收入《夏夜一點鐘》等十篇。

散文集《故鄉雜記》由現代書店出版，收入《一封信》、《內河小火輪》、《半個月的印象》等篇。

評論集《作家論》，收入《落華生論》、《冰心論》和《王魯彥論》等篇，由文學出版社出版。

三十一日，在魯迅病情加重的情況下，茅盾、史沫特萊偕美國肺癆科專家托瑪斯‧鄧恩醫生為魯迅檢查病情，茅盾擔任翻譯。

六月

作短篇小說《兒子去開會了》，刊於《光明》第一卷第一期（收入《茅盾短篇小說集》（下）時改為《兒子開會去了》）。小說描述一對夫婦的十三歲獨生子阿向參加「五卅」運動十一週年紀念的集會遊行；一個初出茅廬、嬌生慣養的小孩興高采烈地第一次參加政治活動，從他身上，不難使人聯想到中國年輕一代對民主自由對真理的嚮往，對革命鬥爭所持有的飽滿的強烈的青春激情。作者通過這對父母對阿向的愛護和支持，以及對阿向的純真可愛的簡略勾劃，深沉地濃烈地洋溢著老一代和作者本人對年輕一代所寄予的無限希望，反映了「五四」風暴中萌發的革命事業正在後浪推前浪地奔騰向前。

散文《車中一瞥》，評論《進一解》、《三週年》、《再多些，再多方面些》和《有原則的論爭是需要的》，同刊於《文學》第六卷第六號。

《世界文學名著講話》，由北京開明書店出版。該書較詳盡地評介了荷馬等七位著名作家的八部名著。

七日，茅盾主持宣布成立「中國文藝家協會」，大會通過了《中國文藝家協

會簡章》和《中國文藝家協會宣言》，茅盾與郭沫若等一百一十一人簽名。《中國文藝家協會宣言》，刊於《光明》半月刊創刊號。

十日，將魯迅於病中由馮雪峰筆錄寫成《論現在我們的文學運動——病中答訪問者》一文交給《文學界》編輯部。同時茅盾自己也於二十六日寫了《關於〈論現在我們的文學運動〉》，兩文同時發表在《文學》第六卷第六號和《文學界》第一卷第二期。

茅盾在文章中認為魯迅這篇文章「特別重要」，「我個人很贊成魯迅先生在此文中的各項意見。」他指出，胡風在提出「民族革命戰爭的大眾文學」這一口號時，「並沒有指明，為了要和現階段的民族救亡運動的要求相配合，還應當有更具體的口號——『國防文學』。」「魯迅先生現在這篇文章裡的解釋——對於『民族革命戰爭的大眾文學』與『國防文學』二口號之非對立的而為相輔的，——對於『國防文學』一口號之正確的認識（隨時應變的具體的口號）正是適當其時，即糾正了胡風及《夜鶯》『特輯』之錯誤，並又廓清了青年方面由於此二口號之糾紛所惹起的疑惑！」

十五日，與魯迅、巴金、曹靖華等七十七人聯名發表《中國文藝工作者宣言》，刊於《作家》第一卷第三號和《譯文》新一卷第四期，後由《文季月刊》第一卷第二期轉載。

七月

評論《兒童文學在蘇聯》，刊於《文學》第七卷第一號。

二十七日，作《關於引起糾紛的兩個口號》，後刊於《文學界》第一卷第三期。茅盾在該文中同意郭沫若的《國防·污池·煉獄》一文對國防文學的解釋。郭文說：「我覺得國防文藝應該是作家關係間的標幟，而不是作品原則上的標幟。」茅盾表示看了郭文後要對自己過去對兩個口號的解釋進行一些「修正」。他說：「『國防文藝』這口號，若作為創作的口號，本來是欠明確的，而過去我們把這口號認為一般的創作口號，也就有關門主義和宗派主義的危險。」並說：「『民族革命戰爭的大眾文學』這口號，作為前進文學者的創作的口號，是很正確的。但我們不想也不能對一切文學者作如此的要求，……把這口號作為我們向前進文學者要求的創作口號，當然比單提『國防文學』這口號來得明確而圓滿。」

二十八日，作《開明書店創業十週年紀念題詞》，刊於《申報》開明書店創

業十週年紀念特刊（八月）。

譯文散文集《回憶‧書簡‧雜記》，由生活書店出版。

八月

主編《中國的一日》，九月由上海生活書店出版。二十日，作《關於編輯〈中國的一日〉的經過》，附於該書。作者自稱，這是對高爾基《世界的一日》的「學步」。該書以一九三六年五月二十一日這一天所發生的事作爲全國徵文的內容，編輯而成。書出版後曾流傳到當時的蘇區，蘇區文協也擬仿編《蘇區一日》，後因故未成。

《給青年作家的公開信》，刊於《光明》第一卷第五期。

十六日，作評論《再說幾句——關於目前文學運動的兩個問題》，刊於《生活星期刊》第一卷第十二期。二十一日，作《〈隨筆三篇〉作者題記》，後刊於《新少年》週刊（《新少年讀本》）第二卷第七期。二十二日，作《〈斧聲集〉序》，附於九月出版的《斧聲集》（孔另境編）。二十七日，作評論《需要腳踏實地的批評家》，後刊於《生活星期刊》第一卷第十四期。

散文《看模型》和短篇小說《官艙裡》，分別刊於《申報‧每週增刊》第一卷第三十二、三十四期。

翻譯《凱綏‧珂勒惠支——民眾的藝術家》（史沫特萊），刊於《作家》第一卷第五號，同時收入《凱綏‧珂勒惠支版畫選集》。翻譯《凱爾凱勃》，刊於《世界知識》第二卷第二十期。

九月

評論《「創作自由」不應曲解》，刊於《中流》第一卷第一期。二十三日，作評論《技巧問題偶感》，後刊於《中流》第一卷第三期。二十六日，作評論《談最近的文壇現象》，後刊於《大公報》（十月十日）。二十九日，作評論《民族的「深土」的產物——民間文藝》，後刊於《生活星期刊》第一卷第十九期。

散文《國文試題》和《好玩的孩子》，分別刊於《申報每週增刊》第一卷第三十六期、《中流》第一卷第二期。

翻譯《紅巾》（愛特堡）以及「譯後記」，刊於《譯文》新二卷第一期。

長江書店出版《歷史小品》集，內收茅盾的《神的滅亡》、《大澤鄉》和《石碣》三篇。

十月

一日，與魯迅、郭沫若等二十一人發表《文藝界同人爲團結禦侮與言論自由宣言》（由茅盾和鄭振鐸起草）。作雜論《紀念日預感》，刊於《申報每週增刊》第一卷第四十期。

月初，陪《中國呼聲》的編者格蘭奇去看望魯迅，給魯迅照了像。

散文《被考問了〈中國的一日〉》，刊於《生活星期刊》第一卷第十八號。

第一次主動寫信給王西彥，對他發表在上海《文學》等刊物上的《愛的教育》、《曙》等四個短篇小說作了分析、比較，談了對寫作方法的具體意見。

十日，到上海大戲院看蘇聯電影《杜勃洛斯基》，遇魯迅。

十三日，函魯迅，告知準備到家鄉小住的消息，魯迅作覆。

十四日，回烏鎮，約耽十天，住修繕後的平房，原擬寫題爲《先驅者》的長篇小說（反映辛亥革命、五四前後一些無名的革命先驅者的故事），後因魯迅逝世，急著趕回，又因翌年抗戰爆發，未成。

十九日，中國文化革命的旗手、偉大的文學家、思想家魯迅逝世。當天即成立治喪委員會，茅盾爲委員之一。茅盾因在烏鎮，痔瘡發作，不能行動，沒有能回上海參加治喪活動。夫人孔德沚在治喪委員會工作，受派專陪孫夫人，魯迅的西式棺材是孫夫人帶了孔德沚從好多家外國百貨公司中挑選的。

短篇小說《煙雲》和《送考》，分別刊於《文學》第七卷第四、五號和《文季月刊》第一卷第五期。

《送考》通過母親送兒子考中學的簡單故事，揭示了國民黨教育方面存在的嚴重問題：私立學校學費昂貴，公立學校考生眾多，錄取有限，大批學生面臨失學的威脅，引起了家長們的極度焦慮和恐慌。此作在構思、刻劃人物、情節的鋪陳、剪裁上都顯示了這段時期（三十年代中期）作者在創作短篇小說方面已達到得心應手、爐火純青的地步。

散文《辛亥年的光頭教員與剪辮運動》（後改題爲《回憶辛亥》），刊於《越風》半月刊第二十期。

雜論《「一口咬住……」》，刊於英文《中國呼聲》第一卷第十八期；《負起我們的武器來》刊於《明星》第六卷第五、六期。

散文集《印象·感想·回憶》由文化生活出版社出版，收《全運會印象》

等十一篇，並附有「後記」（作於二十九日）。

《國防文學論戰》收魯迅、郭沫若、茅盾等人十七篇文章，由新潮出版社出版。

十一月

悼念魯迅公告三則：《寫於悲痛中》、《學習魯迅先生》和《魯迅先生死了》，分別刊於《文學》第七卷第五號、《中流》第一卷第五期、《中學生》第六十九期。二十一日，作《研究和學習魯迅》，後刊於《文學》第七卷第六號。

《寫於悲痛中》談了獲悉魯迅逝世後的心情和未能趕到上海參加治喪活動的具體情況。最後沉痛地說：「中國只有一個魯迅，世界文化界也只有幾個魯迅，魯迅是太可寶貴了！」《學習魯迅先生》強調了「要努力學習」魯迅的「鬥爭精神」──包括「治學的勤奮，不顧健康地努力工作，忘掉了自己地為民族為被壓迫者求解放」，唯有這樣，「才能跟著他的腳步從鬥爭中創造新中國」。

短篇小說《官艙裡》，刊於《申報每週增刊》第一卷第三十四期。

二十四日，作雜論《「立此存照」續貂》後刊於《中流》第一卷第七期。

論文集《創作的準備》，由上海生活書店出版，收入《學習與摹仿》等八篇。

十二月

評論《談〈賽金花〉》，刊於《中流》第一卷第八期。

短篇小說《手的故事》，刊於「開明書店創業十週年紀念」專刊：《十年續集》（開明書店為紀念成立十週年，將有關作家的短篇小說匯成兩集，題為《十年》和《十年續集》）。

《文藝日記（一九三六年重編本）十二月份題詞》，刊於生活書店出版的《文藝日記》。

是年

因傅東華辭去《文學》主編職，與鄭振鐸商請王統照為新主編（從第七卷起接編）。

《暴動》（《子夜》中一章，普珂夫譯），收入俄文版《中國文學作品選》。

分別由新潮出版社、文藝科學研究會、長江書店出版的《國防文學論戰》、《現階段的文學論戰》、《魯迅訪問記》，均收有茅盾關於國防文學論爭的文章；作爲文學社叢書出版的《作家論》收入茅盾的有關評介；在英國倫敦出版的斯諾編譯的《活躍著的中國》也收有茅盾的創作。

〔重要紀事〕

年初

共產國際七大文件提出反「左」，蕭三從莫斯科寫信給左聯，傳達王明意見，建議解散左聯。左聯常委會討論後作出了解散左聯的決定。

一月

東北抗日聯軍建立，以楊靖宇爲總司令。

魯迅等編輯的《海燕》月刊在上海創刊，後僅出兩期即遭禁。

周揚等正式提出「國防文學」的口號。

二月

毛澤東親率紅軍東征，自陝北渡黃河進入山西，準備開赴河北抗日前線，後遭蔣介石閻錫山軍隊阻攔返師。

國民黨中宣部發表《告國人書》，誣衊各地救亡團體爲「赤色帝國主義者之漢奸」。不久，文化界發表《對國民黨中宣部〈告國人書〉之辨正》，駁斥國民黨反動讕言。

四月

孟十還主編的《作家》月刊在上海創刊。

五月

全國各界救國會在上海成立，號召各黨各派聯合抗日，要求停止內戰。

本月至八月，革命文藝界內部發生了一場有關「兩個口號」的論爭。經過激烈的論爭，文藝界逐漸在黨的抗日統一戰線的旗幟下團結起來。

六月

十八日，蘇聯偉大的無產階級作家高爾基病逝。

巴金、靳以主編的《文季》月刊，洪深、沈起予主編的《光明》半月刊，周淵主編的《文學界》月刊先後在上海創刊。《文學界》爲中國文藝家協會機關刊物。

八月

中共中央發出《致中國國民黨書》，再次呼籲停止內戰，一致抗日，要求建立國共兩黨共同抗日的堅固的統一戰線。

九月

黎烈文主編的《中流》半月刊在上海創刊。

十月

中國工農紅軍第二第四方面軍到達甘肅會寧，與第一方面軍（中央紅軍）會師，三大主力紅軍長征勝利結束。

魯迅逝世後，即日成立有毛澤東列名，由宋慶齡、蔡元培等組成的治喪委員會，黨中央和毛澤東於二十二日向許廣平致唁電，並致電南京國民黨政府，要求國葬魯迅，明令撤銷對魯迅著作的出版禁令，還發表《告全國同胞和告全世界人民書》，對魯迅的一生作了高度的評價。

十一月

國民黨在上海逮捕了沈鈞儒等全國各界救國會領袖七人，史稱「七君子事件」。

十二月

十二日，西安事變發生，張學良、楊虎城扣押蔣介石，迫其抗日，後經與中共談判，蔣介石被迫接受抗日條件，旋獲釋放。

《世界文化》、《作家》月刊、《文季》月刊等十七種刊物遭查禁。

是年

谷牧主持的文藝社團泡沫社在北平成立，創辦《泡沫》月刊，發表青年文藝作者的作品。

近代著名革命家、學者章太炎逝世。

埃德加·斯諾編譯的《活的中國——現代中國短篇小說選》在倫敦出版。書前寫有斯諾的《序言》，書後附有斯諾夫人寫的長文，概述近二十年中國新文學發展情況。斯諾一九二八年來華任記者，後抵延安，一九三八年他寫的記述中國革命偉大歷程的著作《西行漫記》問世，不久，他的夫人尼姆·威爾士又寫了《續西行漫記》。